AGORA ESTOU SOZINHA

PEDRO BANDEIRA

5ª edição, revista pelo Autor

1ª edição 1988
2ª edição 1992
3ª edição 2003
4ª edição 2009

COORDENAÇÃO EDITORIAL Maristela Petrili de Almeida Leite
EDIÇÃO DE TEXTO Marília Mendes
COORDENAÇÃO DE EDIÇÃO DE ARTE Camila Fiorenza
DIAGRAMAÇÃO Cristina Uetake
PROJETO GRÁFICO DE CAPA Rafael Nobre
PROJETO GRÁFICO DE MIOLO Isabela Jordani
COORDENAÇÃO DE REVISÃO Elaine Cristina del Nero
REVISÃO Andrea Ortiz
COORDENAÇÃO DE *BUREAU* Rubens M. Rodrigues
PRÉ-IMPRESSÃO Rubens M. Rodrigues
COORDENAÇÃO DE PRODUÇÃO INDUSTRIAL Wendell Jim. C. Monteiro
IMPRESSÃO E ACABAMENTO Log&Print Gráfica, Dados Variáveis e Logística S.A.
LOTE 794154
CÓDIGO 12117757

Dados Internacionais de Catalogação na Publicação (CIP)
(Câmara Brasileira do Livro, SP, Brasil)

Bandeira, Pedro
Agora estou sozinha / Pedro Bandeira. – 5. ed. – São Paulo : Moderna, 2019.

ISBN 978-85-16-11775-7

1. Literatura juvenil I. Título.

19-23779 CDD-028.5

Índices para catálogo sistemático:
1. Literatura infantojuvenil 028.5
2. Literatura juvenil 028.5

Iolanda Rodrigues Biode – Bibliotecária – CRB-8/10014

Editora Moderna Ltda.
Rua Padre Adelino, 758 – Belenzinho
São Paulo – SP – CEP: 03303-904
Central de atendimento: (11)2790-1300
www.modernaliteratura.com.br
Impresso no Brasil
2024

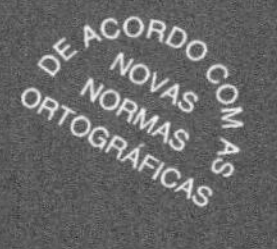

Duvida do brilho da estrela

e até do perfume da flor,

duvida de toda a verdade,

mas nunca do meu amor...

(Carta de Hamlet a Ofélia, da famosa peça *Hamlet, o príncipe da Dinamarca*, escrita em 1601 por Willliam Shakespeare.)

DISSOLVER-SE EM LÁGRIMAS

– CADÊ A TELMAH? VOCÊ VIU A TELMAH?

De dentro do casarão, Gilda trazia a música e o barulho da festa, jogando luz sobre a noite da varanda. Rosa interrompeu o que fofocava com Kika e recebeu a amiga com a resposta:

– Telmah? Sei lá... Esta casa é tão grande...

– Põe grande nisso! – riu-se Kika. – Eu fui procurar o banheiro e quase me perdi! Aqui tem tanto banheiro, tanta sala, tanto tudo...

– Parece até casa mal-assombrada! – brincou Rosa. – Se eu fosse um fantasma, ia querer morar numa casa como esta...

Gilda ergueu uma sobrancelha fazendo arzinho de grã-fina de novela.

– Pois eu queria morar *viva* numa casa rica como esta! E não ia deixar nenhum quarto vazio. Cada vez que eu abrisse uma porta, ia encontrar um garotão como aquele ali me esperando...

As amigas olharam na direção do dedinho apontado por Gilda para um dos rapazes que dançavam no salão, logo além das portas que se abriam para a varanda.

– Gilda! Já vai começar, é?

– Com um garoto desse eu começo e não paro nunca, Kika. Hoje eu quero ficar com ele de qualquer jeito. Olha só que gracinha!

– Esse eu nunca vi – disse Rosa. – Não deve ser amigo da Telmah. Se fosse, eu conheceria.

– E eu, se conhecesse, já tinha ficado com ele até cansar!

– Foi o pai da Telmah que convidou todo mundo – continuou Rosa. – Telmah não queria esta festa.

– Tadinha! – lamentou Kika. – Também, a mãe morreu há tão pouco tempo...

Rosa balançou a cabeça.

– É... se minha mãe morresse, eu também não iria querer festa de aniversário...

– Mas quem continua vivo tem de fazer aniversário, gente! Só os mortos param de fazer anos!

Rosa riu alto.

– E aí só podem virar assombração!

– Ah, eu vou atrás do garoto. Tem tanto lugar aqui pra gente sumir! Este jardim é tão grande...

– Cuidado, Gilda – brincou Kika. – Os fantasmas podem se esconder no jardim...

– Os fantasmas podem até assistir! Se o garoto estiver a fim de ficar comigo, sumo no jardim. Quero só sentir aquela mãozona me procurando por todo canto!

– Ai, Gilda! Isso dói! – gemeu Kika.

✚ ✚ ✚

Sentada na grama, Telmah ergueu os olhos para o velho casarão, recortado à frente da lua minguante, como um castelo assombrado. Tinha conseguido escapar da festa de seu próprio aniversário para esconder-se nas sombras do imenso jardim, dentro de si mesma, com sua velha cachorrinha no colo.

Filtrando-se através das folhagens, as luzes da festa desenhavam estranhas formas sobre os dois seres que se protegiam debaixo da pequena árvore, fugindo de todas as luzes.

A menina aconchegou ainda mais a cachorrinha aninhada em seu colo e, com as costas da mão, limpou uma lágrima do rosto.

– Parabéns, Filhinha. Hoje é o meu aniversário. E é o seu também. Ai, você está ficando velhinha, minha querida...

Filhinha lambeu o sal da lágrima das costas da mão de Telmah. Nascera ali mesmo, naquele casarão, no quinto aniversário da menina.

- Os cães envelhecem antes das pessoas, Filhinha. Eu sou mais velha do que você, mas dizem que eu sou jovem e você é velha. Afinal de contas, o que é isso de idade? O que é ser jovem? O que é ser velha? Eu, por exemplo, me sinto a mais velha menina do mundo... No dia do nosso aniversário... O primeiro que vamos passar sem mamãe...

Apanhou o pratinho que deixara abandonado sobre a grama.

– Aqui está. Pode lamber o *chantilly* do nosso bolo. Eu não quero mais aniversários.

A cadelinha farejou delicadamente o pratinho de porcelana e recusou a oferta. Tinha envelhecido como uma alma gêmea de Telmah. Só comia quando Telmah a alimentava, só brincava quando Telmah queria brincar. Era uma cachorrinha feliz, que tinha dedicado todos os seus dias à felicidade de sua dona. Sua dona, que agora não estava feliz. E Filhinha estava infeliz, por causa de Telmah.

Nova lágrima escorreu pelo rosto da garota e pingou sobre seu braço. Delicadamente, Filhinha a lambeu, como se esta fosse uma forma de chorar junto com a dona.

– Ah, eu queria que todo o meu corpo pudesse dissolver-se em lágrimas! Queria poder transformar-me em lágrimas e desaparecer, lambida por alguma cachorrinha no colo de alguma menina em algum lugar distante... Não faz nem dois meses que mamãe morreu. Nem dois meses! E papai vai se casar de novo...

Os dedos de Telmah passeavam lentamente por dentro dos pelos de Filhinha.

– Que nojo o mundo! Comparar mamãe com essa mulher é como comparar um diamante com uma bijuteria, um beijo com um escarro...

Abraçou-se à cachorrinha.

– Egoísmo... Egoísmo, teu nome é: macho! Um mês! Um mês e já vai se casar de novo! Antes que os vermes possam devorar os seios de mamãe, para chegar ao coração! Um lobo teria uivado por mais tempo... Casar com aquela mulher, a melhor amiga de mamãe, que tem menos semelhança com mamãe do que eu com Vênus... Num mês! Ai, suas lágrimas fingidas nem secaram direito e ele vai se casar de novo...

Seu olhar atravessou o jardim e foi encontrar a figura alta do pai no terraço iluminado pelas luzes da festa.

– Lindo como um deus! Meu pai... Ele não está me vendo aqui, como quase nunca me percebeu ao seu lado, desde que me entendo por gente. Você o vê, Filhinha? É aquele coroa alto que nunca arranjou um tempo para acariciar seus pelos... Cláudio... Pai... Tão lindo! Quando era pequena, eu achava que poderia casar-me com ele quando crescesse... Eu o amava, Filhinha. Oh, como eu o amava! Como alguém pode passar, assim, de amado a maldito dentro do meu coração? Como é que um coraçãozinho de nada como o meu pode guardar tanta paixão e tanta raiva ao mesmo tempo? Como é que cabe tudo isso? E de que adianta tanto desespero? Mamãe nunca mais vai voltar...

– Telmah! Telmah!

A voz de seu pai atravessou o jardim e chegou fraca aos ouvidos da menina. De longe, aquela voz poderia confundir-se com outra voz. A voz de um garoto adorado.

– Tiago... Ai, meu Tiago! Uma das metades do amor que eu ainda consigo sentir é por ele. A outra metade é por você, Filhinha. Pelo meu pai, eu não consigo sentir mais nada...

O chamado insistia:

– Telmah!

– Me deixe aqui, papai – ela sussurrou, como se o pai a estivesse escutando. – Me deixe aqui, para sempre...

E a voz ainda chamava:

– Telmah!

A menina suspirou.

– É melhor voltar para lá, Filhinha. Para a "nossa" festa de aniversário. Já sei o que papai vai dizer: "Onde se meteu, minha filha? Não fica bem deixar os convidados sozinhos, minha filha. Blá-blá-blá, minha filha...". Vamos, Filhinha. Nossos convidados estão esperando.

– Onde você se meteu, minha filha? Você sabe que não fica bem deixar os convidados sozinhos, Telmah. Eu sei que você não queria nenhuma festa em seu aniversário, tão perto da morte de sua mãe. Mas é preciso reagir, minha querida. Por isso eu fiz questão de organizar esta festa e convidar seus amigos, do jeito que sua mãe faria, se estivesse viva.

– Está bem, papai.

– Telmah, minha querida... – intrometeu-se "aquela" mulher, ao lado de seu pai.

Alice. "Tia" Alice, que ocuparia o lugar da mãe da menina no leito do pai. Será que já não ocupava? Será que já não tinha ocupado esse lugar muitas vezes, até mesmo *antes* da morte de sua mãe?

Telmah ouviu a voz de Alice como uma intromissão. Pelo que dizia e por estar ali.

– Minha filha... Posso chamá-la de minha filha, não posso, Telmah?

– Pode me chamar do que quiser. É um direito seu. Como é também um direito meu não responder.

– Ora, minha filha...

– "Sua" filha? Como posso ser filha de duas mulheres? Como posso ter estado dentro de duas mulheres a um só tempo? Por acaso se lembra de ter me carregado dentro de você alguma vez? Dentro da sua barriga? Dentro do seu pensamento? Dentro do seu coração? Eu preferiria ter estado dentro de um saco de batatas a ter estado dentro de você, "tia" Alice!

Cláudio agarrou a filha pelos ombros.

– Telmah! Isso é coisa que se diga? Está certo chorar a morte de sua mãe, como eu também chorei. Mas a vida precisa continuar. Alice só quer conquistar sua amizade. Você precisa reagir, minha querida!

O olhar de Telmah fixou-se profundamente nos olhos do pai, procurando esconder tudo o que sentia.

– Está bem, papai. Eu vou reagir.

Carinhosamente, o corpo alto de Cláudio abraçou a garota, que ainda trazia a cadelinha ao colo.

– Ótimo, Telmah. Vamos lutar juntos para superar toda essa dor. Venha, volte para sua festa.

– Vou já, papai. Só mais um instante. Vou levar Filhinha para a copa.

Alice ia dizer mais uma palavra, mas Cláudio enlaçou-lhe os ombros com o braço. Sacudiu levemente a cabeça, como se lhe dissesse que não adiantava mais insistir, e os dois voltaram para o salão.

Das sombras da varanda, a sombra de Tiago adiantou-se.

Nem uma palavra foi dita. Mesmo sem vê-lo, Telmah sentiu o calor do rapaz aproximar-se.

Com delicadeza, ele a enlaçou, apertando-a contra si.

A menina voltou-se, enroscando-se como um parafuso dentro de uma arruela, e ergueu os olhos para Tiago.

O rosto do rapaz aproximou-se um pouco mais e Telmah sentiu a chegada daqueles lábios tão quentes...

– Tiago...

Mas, como se fosse uma traição permitir-se um momento de felicidade a interromper toda a dor que lhe ocupava o pensamento, afastou-se num repente e olhou desafiadoramente para o rapaz.

– Está gostando da minha festa, Tiago?

O rapaz não respondeu.

– Gostou dos sanduíches da minha festa? Devem ser os que sobraram do velório de mamãe. Ainda estão frescos. Se ainda sobrarem alguns, talvez possam ser aproveitados para o novo casamento de papai. Que é que você acha?

O rapaz respirou fundo, como se fosse difícil falar com franqueza.

– O que você espera que eu diga, Telmah? Que a censure? Que diga "coragem, queridinha, chega de lágrimas"? Que tente impedi-la de estar triste? Eu não sei fazer isso. Só sei gostar de você. E esperar que você descubra como sair dessa...

Tocou levemente o rosto da menina, numa despedida. Passou por ela e afastou-se apressado em direção aos portões do casarão.

Sozinha, Telmah sussurrou para a escuridão do jardim, que já engolira o vulto do rapaz:

- Oh, Tiago, duvide do brilho da estrela e até do perfume da flor; duvide de toda a verdade, mas nunca do meu amor...

Com Filhinha nos braços, desapareceu pela lateral da casa, abandonando a festa e os convidados.

02

LEMBRE-SE DE MIM...

Como um castelo da Transilvânia, o país dos vampiros, o casarão ficava distante de tudo. Era tão grande que uma família como a de Telmah jamais poderia ocupá-lo por inteiro. Tudo herança da mãe de Telmah, tudo parte de uma quantia tão alta que uma menina jamais poderia gastar sozinha.

A chuva chegou no fim da festa, quando restavam apenas Kika, Gilda e Rosa. As três amigas da aniversariante moravam na "civilização", como dizia Rosa, criticando, com despeito, a lonjura do casarão de Telmah. Não seria fácil seus pais virem buscá-las com aquele temporal.

– Por que não dormem aqui? – convidou Alice, enquanto Telmah se enfurecia ao perceber que a "tia" já tomava ares de dona da casa.

Alice ainda não ocupara oficialmente o leito da mãe, mas dormiria no quarto ao lado do de Cláudio. E Telmah tinha certeza de que os lençóis de um dos quartos nem ficariam amarrotados.

✚ ✚ ✚

As amigas formavam um grupinho tagarela, todas vestidas com os pijamas de Telmah, enfiadas no quarto da menina e dispostas às últimas fofocas antes de dormir. Havia mais de um quarto para hóspedes, mas parecia que nunca chegava a hora de elas deixarem Telmah sozinha.

Recostada na cama, acariciando a cachorrinha no colo, a dona do quarto só ouvia.

Amigas... Naquele momento, aquelas conversinhas alegres lhe pareciam uma invasão de sua intimidade. Telmah não podia conceder às três garotas mais do que o título de "coleguinhas de escola". Para "amigas" parecia faltar muita coisa. Principalmente a confiança de Telmah.

Uma trovoada ecoou mais forte e gritinhos histéricos misturaram-se a risadinhas nervosas.

– Sua casa bem poderia servir de cenário para um filme de terror, Telmah – brincou Rosa, encolhidinha como se o travesseiro pudesse protegê-la do trovão. – A qualquer momento, aquela porta pode se abrir e...

– E vai aparecer o Christopher Lee, com aquela capa negra forrada de cetim vermelho... – completou Gilda com uma vozinha cômica que tentava parecer aterradora.

Kika deu um gemido, encolhendo-se toda.

– Não brinque com essas coisas, Gilda!

Gilda enroscou-se sensualmente no canto da cama.

– Ah, eu bem que gostaria de estar sozinha, debaixo das cobertas, em uma noite fria como esta, e aí surgir um homão charmoso como o Christopher Lee... Misterioso, dominador... Aí ele se aproximaria da cama, lentamente... E eu meio apavorada... Aí ele se sentaria na cama, ao meu lado, e se debruçaria sobre mim, afastando delicadamente meus cabelos e envolvendo meu pescoço com aquela mão gelada...

Rosa interrompeu, gozadora:

– Num vampiro, queridinha, *tudo* é gelado...

– E duro! – riu-se Gilda.

– Ih! Você só sabe pensar besteira! – protestou Kika. – Onde já se viu ser violentada por um vampiro!

– Bem, depende do vampiro... – suspirou Gilda.

– Numa noite como esta, numa casa como esta, eu só consigo pensar em histórias de terror, em fantasmas... – divagou Rosa.

Kika deu um gritinho:

– Ai, eu fico apavorada!

– É gostoso ficar apavorada, às vezes... – comentou Rosa. – Por isso é que todo mundo gosta de filmes de terror, não é?

– É que, no fundo, todo mundo sabe que não existe esse negócio de fantasmas...

– Só no raso, Gilda! – aparteou Kika. – No fundo, no fundo, todo mundo se pela de medo!

– Então vamos chamar esses fantasmas, gente! – propôs Rosa, com um sorriso metido a satânico.

– E como é que se chama um fantasma, sua boba?

– Vai ver a gente telefona para eles – gozou Gilda. – Alguém aí tem o telefone de algum fantasma?

– Eu tenho! – cortou Rosa. – O ambiente é ideal para a gente fazer o chamado do copo!

– O copo! Boa! É isso! – entusiasmou-se Gilda.

– Ai! Eu não gosto de brincar com essas coisas... – assustou-se Kika.

– E você, Telmah? – perguntou Rosa.

A dona do quarto continuava acariciando Filhinha. Queria que aquela tagarelice terminasse e que a deixassem sozinha com seus pensamentos. Não estava para conversas, nem para brincadeiras.

– Brinquem vocês. Eu não estou com vontade.

– Você está com uma cara, não? O que é que há, Telmah? – perguntou Kika.

– Nada. Não há nada...

– É a morte da sua mãe, não é? Por que não fala com a gente?

– Não é nada. Só quero ficar olhando.

Rosa já tinha arranjado papel, caneta e uma tesoura nas gavetas de Telmah. As três tagarelavam excitadamente enquanto escreviam o abecedário em quadradinhos de papel recortados e os dispunham formando um círculo sobre uma mesinha redonda. Gilda trouxe um copo do banheiro.

As meninas sentaram-se em volta da mesinha. Telmah continuou recostada na cama, olhando as amigas, sem prestar muita atenção.

Rosa suspirou fundo, fez cara de cigana de parque de diversões e comandou:

– Agora, silêncio! Todas concentradas. Estiquem o braço e coloquem o dedo sobre o copo. Tocando, não apoiando, hein?

O copo estava emborcado no centro da mesinha. As três esticaram os indicadores, tocando levemente o fundo do copo.

O dedinho de Kika tremia.

Novo suspiro de Rosa. A menina levava a brincadeira a sério.

– Silêncio... Estamos aqui reunidas para uma comunicação com o além. Estamos dispostas a ouvir qualquer alma desesperada que precise aliviar suas penas. Que venham os espíritos condenados a vagar no espaço. Queremos ouvir. Que venham as almas sofredoras que têm contas a ajustar com a vida que deixaram. Queremos ouvir. Que venham os torturados do inferno. Queremos ouvir...

Um trovão rugiu furiosamente.

– Ai... – gemeu Kika, bem baixinho.

O copo tremeu levemente sobre a mesa. Gilda olhou de lado para Kika, censurando-a.

– Não empurre o copo, menina!

– Não estou empurrando, Gilda...

Soturnamente, com a voz mais tenebrosa que conseguia imitar, Rosa perguntou:

– Tem alguém aí?

O copo tremeu novamente.

– Repito: tem alguém aí?

Lentamente, o copo deslizou até o *S*, depois para o *I*, terminou no *M* e voltou para o centro da mesa.

– Quem é você?

O copo não se moveu.

– Você está morto?

S I M..., soletrou novamente o copo.

– Ai... – gemeu Kika.

Rosa compenetrou-se ainda mais e perguntou:

– Você está entre amigos. Ninguém aqui lhe quer mal. Você tem alguma mensagem para alguém neste quarto?

S I M...

– Para qual de nós? Fale, não tenha medo...

– Eu tenho... – lamentou-se Kika.

O copo soletrou:

T E L M A H...

Um silêncio pesado tomou conta do quarto. As três voltaram os olhos para Telmah.

– Venha para cá, Telmah – chamou Gilda, sussurrando, como querendo que o espírito do copo não ouvisse.

Telmah não se moveu.

Nem o copo.

Rosa continuava compenetrada. Sentia-se importantíssima como intermediária do além.

– O que você quer dizer para Telmah? Fale, ela está aqui...

O copo continuou imóvel.

– Fale!

✚ ✚ ✚

+ + +

Kika dormia profundamente na cama de Telmah. Mostrara-se assustada demais para dormir sozinha depois que tinham abandonado a brincadeira.

O copo não se movera mais, embora Rosa tivesse insistido, com uma voz cavernosa, nas perguntas mais mediúnicas que conseguira inventar. Com isso, a brincadeira perdera a graça. O sono afinal vencera, e Rosa e Gilda foram para um dos quartos de hóspedes.

+ + +

Continuava a chover.

O abajur de cabeceira iluminava o quarto com uma luz mortiça.

Filhinha dormia sobre o tapete, ao lado da cama.

Telmah não conseguia dormir.

Sentou-se na frente da mesinha.

Com o movimento da dona, Filhinha acordou no mesmo instante.

– Rosa... aquela gozadora! Soletrou *T-e-l-m-a-h* sem nem esquecer o *H*... Ela, que nem pode imaginar o que é estar ferida como eu, pensa que pode brincar com as cicatrizes dos outros...

Um clarão fortíssimo iluminou a noite. Sobre a mesinha, o copo refletiu o relâmpago por um décimo de segundo. Foi como se uma válvula tivesse recebido uma carga de mil volts. Quase imediatamente, o trovão rugiu, sacudindo o quarto.

Aos pés de Telmah, Filhinha levantou a cabeça e rosnou baixinho. Em seguida, sacudiu o rabinho, demonstrando o contentamento dos cachorros.

Vagarosamente, Telmah estendeu o braço e tocou o fundo do copo. Como se o corpo da menina fosse um fio a transmitir eletricidade, o copo pareceu ligar-se imediatamente e correu rápido em direção às letras ainda dispostas em torno da mesinha. Começou pelo *T*, correu para o *E* e continuou veloz, quase superando os reflexos da menina.

T E L M A H...

Um calafrio percorreu-lhe todos os nervos.

– Fale, anjo dos céus ou espírito condenado! O que quer de mim?

VINGANÇA...

O corpo de Telmah tremia dentro da camisolinha fina. Mas não sua voz.

– Fale. Quem é você?

O U V E...

M I N H A...

F I L H A...

O coração da menina pulou dentro do peito.

– Sua... *filha*?!

Naquele momento, havia medo, um grande medo que parecia ocupar todos os espaços do quarto.

– Devo chamá-la de quê? Espírito? Fantasma? Mãe?

O U V E...

T E L M A H...

V I N G A N Ç A...

Uma espécie de torpor começou em suas pernas e subiu pelo corpo da menina.

– Vingança? Por quê? O que quer dizer com isso?

V I N G A N Ç A...

P R E C I S O...

D E S C A N S A R...

– Diga! Oh, vamos, diga! Que vingança é essa?

FUI...

ASSASSINADA...

– Assassinada?! Mãe? Oh, não!

V I N G A N Ç A...

T E L M A H...

J U R E...

– Eu juro, mãe... eu...

A D E U S...

T E L M A H...

L E M B R E - S E...

D E M I M...

Apavorada, Telmah pressionou o dedo sobre o copo, ansiosa por mais respostas. O copo virou, rolando sobre a mesa. Apressadamente, a menina levantou-o e o recolocou no centro.

– Mãe? Responda! Assassinada? Como? O que houve, mãe?

O copo não se moveu.

– Mãe? Volte! Responda! Não me deixe assim!

Um relâmpago iluminou novamente o quarto e um trovão o seguiu, reboando por todos os cantos.

Telmah agarrou o copo, desesperadamente.

Como se fosse uma granada de vidro, o copo explodiu em mil pedaços.

Estranhamente, nenhum caco lhe feriu as mãos.

Telmah estava gelada, olhando para os cacos, como hipnotizada.

Seu corpo vacilou na cadeira.

Desfaleceu sobre o tapete.

QUEM MATOU MAMÃE?

Quando chegou a madrugada, a chuva tinha se transformado em garoa.

Em frente à janela, Telmah revolvia o mesmo pensamento, como se ele fosse uma mosca que sempre reaparece, por mais que a gente a espante. Para pousar sempre no mesmo doce.

— Assassinada... Mamãe assassinada! Mas como? Ela sofria do coração. Não era o que diziam? Tomava seu remédio todas as noites. Eu mesma o levava para ela, todas as noites. E, naquela manhã... Maldita manhã! Ela não acordou. Foi o coração, disseram. Não foi isso o que disseram? Morreu em casa. A minha mãezinha. Aqui, nesta casa. Lá, naquele quarto. Nesta casa... Desta casa, para o cemitério. E do cemitério? Para dentro de um copo? Voltar para assombrar--me? E para acusar... Acusar quem?

A vidraça da janela era um espelho da personalidade de Telmah que só refletia a parte cinzenta, a parte úmida, a parte fria como o vidro, onde escorriam gotas de chuva enregeladas pelo medo que lhe invadia a alma.

– Alma... Que alma é essa que invade minha vida dizendo-se mãe, chamando-me filha, dizendo-se assassinada? E se for qualquer mãe, de qualquer filha, querendo uma vingança que não é minha? Por que tinha de ser logo eu? Logo eu? Eu, que sou tão pouco, tão pequena, ter de vingar um fantasma? Não pode ser mamãe... Logo mamãe? Mas *tem* de ser mamãe! Não me chamou de Telmah? Não me chamou de filha? Será que existe outra Telmah, com outra mãe assassinada? Por que logo eu, mamãe?

Kika ressonava levemente. Só Filhinha ouvia o sussurro desesperado de Telmah. Não entendia, mas parecia compreender.

– *Era* mamãe. Minha mãe, única, como eu era sua única filha. Assassinada! Mas por quem? Quem mataria aquela mulher tão querida? "Tia" Alice? Ela mataria mamãe só para casar com papai? Que horror! Não, não, isso não! Porque, senão...

Como uma chicotada, a compreensão de algo terrível vergou a menina.

– Senão... papai também...

Encolheu-se e escondeu o rosto nas mãos, como se quisesse fechar-se feito um livro.

– Meu pai? Meu pai! Por quê? Porque a fortuna era de mamãe? A casa, as fazendas... Mas se ele podia ter tudo o que quisesse... Como pode... como pode alguém tão lindo sorrir, sorrir e ser um assassino? Não! Não pode ser! Mas o fantasma disse: "Vingança! Vingança! Lembre-se de mim...". Eu jurei! Agora nada mais haverá de importante com que eu possa me preocupar. Eu jurei! Nada, nem a escola, nem os livros, nem as amigas... Eu jurei! Nem o amor, nem Tiago... Nem Tiago? Ai, sem ele não... Tiago... Mas eu jurei...

Telmah saiu silenciosamente do quarto com a cadelinha no colo. A casa inteira dormia naquele amanhecer chuvoso de sábado. Desceu as escadas e vagou lentamente pelo imenso salão, em meio à desordem da festa amanhecida.

Pensava no jogo de terror de Rosa. Rosa e seus fantasmas. Kika e seu mundo infantil. Gilda e seus vampiros sedutores.

Sobre todas as lembranças, pairava a figura do pai, com aquele sorriso misterioso do Conde Drácula, alto como Christopher Lee, charmoso como um ator inglês, vestindo a capa negra do rei dos vampiros. Imaginou seus lábios se abrindo, no esgar da morte, mostrando dois caninos pontiagudos como facas. Ensanguentados...

– Pelo sangue de mamãe!

Tudo tão vasto, tudo tão vazio e desorganizado por todos os lados, justamente como Telmah se sentia, como se o mundo se revolvesse dentro de seu estômago.

– Há algo de podre nesta casa, Filhinha. Eu podia sentir. Agora eu *sei*! Mas eu nunca pensei que... Ai, há muito mais entre o céu e a terra do que sonha meu tolo conhecimento...

Tropeçou numa mesinha. Um ruído metálico de uma faca caindo no chão. Tomou-a nas mãos.

- Ser ou não ser... O que é que eu vou fazer? Essa é a dúvida. Devo deixar tudo isso pra lá, como se não fosse comigo? Como se não tivesse sido com mamãe? Ou devo, ao contrário, enfrentar tudo, encarar todos, como se eu fosse uma reformadora do mundo? Afinal de contas, quando eu cheguei aqui, pensei que este mundo estivesse pronto. Tanta gente, por tanto tempo, mexendo em tudo, fazendo tudo, mudando tudo... Então? Não era para estar tudo pronto? A justiça? A bondade? O certo e o errado? Por que, de repente, uma garota como eu tem de começar tudo de novo, sozinha? Ah, eu queria dormir, dormir profundamente, para deixar isso tudo de lado. Para esquecer isso tudo. Dormir. Sonhar, certamente. E, nesse sonho, sonhar que tudo está acabado. Acabado como na morte. A morte é a solução. Mas qual morte? A da mamãe foi o problema...

A faca estava pronta. Como sempre estão todas as facas. Para o uso que fosse determinado por quem a empunhasse.

– O que é pior? Viver com a dor que dói, mas que se conhece? Ou revirar tudo e causar novas dores que poderão doer ainda mais? Afinal, ninguém ouviu o meu fantasma. Ninguém conhece os meus fantasmas. Eu poderia muito bem continuar calada, suportando a dor que já conheço. Mas eu prometi. Ninguém foge de sua promessa. Ninguém foge do seu destino. Está bem, mamãe. Sua filha não vai desistir.

✚ ✚ ✚

Alice aprontou-se e desceu para o salão. Achou estranho aquela faca do bolo da véspera cravada na mesinha de jacarandá.

Telmah enfiara-se na biblioteca, sempre com Filhinha ao colo, a amiga que a ouvira a vida inteira e que continuaria ouvindo, até morrer.

Vagueou por entre as estantes. Sentia o cheiro de todas as culturas misturadas, de todas as personalidades que haviam composto aqueles conjuntos. Os livros do pai, os da mãe, os poucos livros que ela mesma comprara. As heranças nunca lidas. Costumava refugiar-se lá, com sol ou com chuva. Sempre sozinha. Acompanhada apenas por Filhinha e por todas aquelas ideias que esperavam nas estantes, ansiosas por se misturarem com suas próprias ideias.

– Eu jurei, Filhinha. Sou pouco, sou quase nada, mas sou tudo o que resta de mamãe, aqui, neste mundo. Eu jurei. Tenho de vingar mamãe. Preciso descobrir o que aconteceu. E vingá-la! Mas como descobrir? Como uma personagem de romance policial? Para eles, tudo parece tão fácil no final da história! Na vida, porém, tudo parece tão mais difícil... Uma personagem é sempre coerente, é sempre lógica. Se não for, o romance não será de boa qualidade, disse meu professor de literatura. E na vida? As pessoas não teriam também de ser coerentes? De agir com lógica? E se as pessoas não forem lógicas nem coerentes? A vida não será de boa qualidade? Como na literatura?

Tremia, como se o fantasma a acompanhasse. Sentia-se vigiada. Apertou a cachorrinha, procurando seu calor.

– Se um romance não é bom, eu posso deixar de lê-lo. Mas e a vida? Como deixar de vivê-la? Afinal de contas, eu sou uma pessoa ou sou uma personagem de uma vida mal-escrita? Quer dizer que eu existo e as personagens não? Mas uma personagem pode viver para sempre. Na cabeça das pessoas que as leem, elas duram séculos, são eternas. E eu? Estarei esquecida daqui a alguns anos? Toda essa dor, daqui a alguns anos, não terá mais sentido para ninguém? E então? Quem existe mais? Uma pessoa ou uma personagem? É fácil ser uma personagem, difícil é ser uma pessoa...

Abriu a gaveta da escrivaninha do pai.

– Para ser coerente, uma personagem tem um escritor atrás de si, para vigiá-la, para impedir que ela se desvie da lógica planejada. Uma pessoa não tem ninguém. Só a si mesma.

Um sol tímido filtrava-se pelas cortinas e fazia amanhecer a biblioteca gelada. Telmah sentia frio, e o sono não dormido confundia-lhe os sentidos, fazendo-a falar com a cachorrinha quase sem pensar, exausta e medrosa por tudo o que viria.

- Estarei louca? Será que tudo foi alucinação de uma mente deformada pela loucura? Louca! Tenho de investigar, tenho de mexer em tudo, tenho de me meter em todos os assuntos, surpreender todas as reações, pescar palavras perdidas, expressões traídas... Louca! E todos vão perceber que estou bisbilhotando, tentando descobrir alguma coisa que precisa permanecer encoberta. Louca! O jeito é fazer com que pensem que estou louca? Tudo é perdoado aos loucos. Ninguém desconfiará de mim. Pronto! É isso! Vou fingir que estou louca. Mas, dentro da minha loucura, tudo será lógico, tudo será coerente. Meu professor de literatura haveria de adorar! Ninguém desconfiará! Nem meu pai nem meu professor de literatura... Estou louca!

+ + +

Alice aproximou-se da porta do escritório e ouviu o discar do telefone. Silenciosamente, apanhou a extensão que havia no corredor e tapou o bocal do aparelho.

+ + +

Uma voz bonita e cheia de sono atendeu. Teve de repetir "alô" três vezes, até que a voz de Telmah respondesse com uma entonação estranha:

– Tiago... Devo dizer bom dia? Não faz nem um dia que eu lhe disse boa noite. Então deve ser dia. Bom dia, Tiago!

– Oh, Telmah...

A menina imaginou o namorado do outro lado da linha: despenteado, com as marcas da fronha no rosto, o pijama amarrotado. E se Tiago não dormisse de pijama? Telmah cerrou as pálpebras e suspirou em silêncio. Aquele corpo sonhado jamais seria seu depois do que ela ainda tinha de fazer. Mas ela não podia admitir que Tiago fosse de outra.

– Sabe que você daria um lindo padre?

– Como?

– Um padre. Você já pensou em ser padre, Tiago?

– Por que você me provoca, Telmah?

– Os padres não casam, mas levam uma vida boa. Todos respeitam os padres, em suas paróquias. Vá ser padre, Tiago!

– Telmah, você não está agindo como...

– ... uma garota normal? E quem lhe disse que eu sou uma garota normal, Tiago? Você sabe o que é ser normal? Eu lhe digo o que você "acha" que é ser uma garota normal. É ficar pendurada em seu braço e ser apresentada a seus amigos como a *sua* namorada. É fingir que não deixa, mas sempre acaba deixando quando você quer avançar o sinal. É lhe dar um beijo de boa-noite e ficar sonhando com você quando você não está por perto. É lhe telefonar uma vez por dia, só para que você saiba o que eu estou fazendo quando você não está olhando. É mostrar que tenho orgulho de você, cada vez que você consegue aparecer com o carrão do seu pai. É não fazer planos para mim mesma, mas participar de todos os seus planos para o futuro. É imaginar-me como um complemento de você, para o resto de nossa vida. É ficar feliz quando você está feliz, é tentar tirar-lhe da fossa nos seus momentos de tristeza...

A voz de Tiago chegou até Telmah sem nenhuma ponta de raiva:

– Eu não estou entendendo você. Mas quero compreendê-la...

– Você já disse que me ama, não é?

– Muitas vezes. E você também disse.

– Ah! E você acreditou?

– Eu acredito, Telmah.

– Como os homens são ingênuos!

– Eu quero compreender você, Telmah...

– Quais são os seus planos, Tiago? Eu faço parte deles, não é verdade? Você quer entrar para a faculdade e quer que eu fique esperando por você, não é? E fazendo um enxoval, como fez sua mãe, não é? E depois? Formado, quer que eu me case com você? Para viver feliz por alguns anos, envelhecendo e engordando, até que você arranje uma amante mais jovem, que o "compreenda melhor"? Para que tudo isso, Tiago?

– O que está havendo, Telmah? Confie em mim. Diga, o que está havendo?

– Para que tudo isso? Vá ser padre, Tiago! É o melhor que você pode fazer.

– Eu preciso saber, Telmah...

- Estou com Filhinha no colo. Se quiser, pode levá-la. Assim, não precisará de outras cadelas que o acompanhem na clausura!
Vá ser padre, Tiago!

+ + +

O rapaz ouviu o telefone desligar. Estranhamente, um segundo clique acompanhou o primeiro. Ficou olhando para o aparelho como se ali estivesse escondida a namorada.

– Você não me engana, Telmah. Por que não confia em mim? O que houve? Deve ter sido muito grave, para você não confiar nem em mim. Eu vou descobrir o que houve, Telmah. Acredite, eu vou descobrir. Você nunca ficará sozinha, minha querida...

+ + +

Como um soluço, a voz de Telmah falava para o telefone desligado.
– Se você não for meu, não será de mais ninguém. Vá ser padre, Tiago!

04 A VERDADE DOS MORTOS

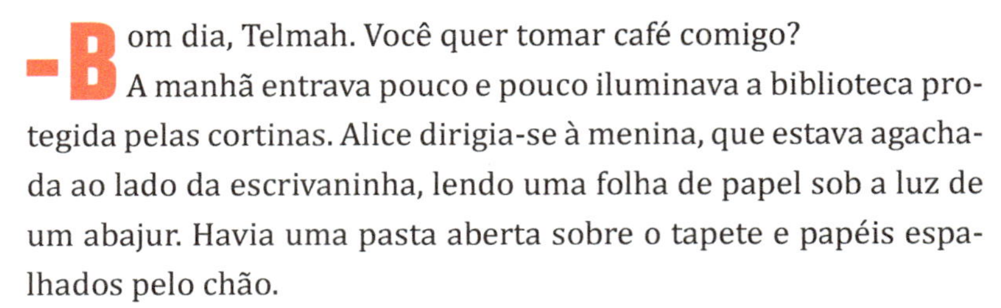

– Bom dia, Telmah. Você quer tomar café comigo?

A manhã entrava pouco e pouco iluminava a biblioteca protegida pelas cortinas. Alice dirigia-se à menina, que estava agachada ao lado da escrivaninha, lendo uma folha de papel sob a luz de um abajur. Havia uma pasta aberta sobre o tapete e papéis espalhados pelo chão.

Alice acendeu as luzes do teto.

O rosto de Telmah surgiu vermelho, iluminado. Parecia ter chorado. E olhava para a recém-chegada com um olhar de vidro, esgazeado:

– Quem é você? Como posso tomar café com pessoas desconhecidas?

– Ora, Telmah! Que brincadeira é essa?

– Brincadeira? Como posso estar brincando? Você vê alguma boneca por aqui? Menininhas devem brincar com bonecas! Você gosta de brincar com bonecas? Talvez prefira um tipo de boneca em especial... Com esse tipo de boneca eu nunca brinquei...

– Você está brincando comigo ou está...

– Você é uma boneca? Se for, eu posso brincar com você. Mas, se você for, será uma boneca velha. E eu não gosto de bonecas velhas! Você também não gostaria, se tivesse a minha idade. Você pode ter a minha idade, é só andar no tempo como se fosse um caranguejo!

– Vamos, Telmah, deixe disso! Vamos tomar café juntas.

– Tomar? De quem nós vamos tomar o café? De quem é esse café? Você costuma tomar muitas coisas dos outros? Já é um costume? Pode falar, que eu não tenho medo. De mim, não há nada para tomar. Além da minha vida... além da minha vida... além da minha vida... além da minha vida...

Desorientada, os olhos de Alice reconheceram a pasta sobre o tapete.

– Ah, Telmah! Não me diga que você está mexendo na pasta de documentos de seu pai! Você sabe que Cláudio não gosta que ninguém mexa nas coisas dele!

– Tem mais gente mexendo nas "coisas" de papai. Eu gostaria que ele escondesse melhor as coisas que devem ficar escondidas. O que você acha das coisas escondidas de papai?

– Você está falando de uma maneira estranha, Telmah! Eu não estou entendendo...

– Quer dizer que você não entende de "coisas"? Pensei que fosse especialista.

– Bem, menina, não sou eu que estou mexendo nos documentos de seu pai...

– Ele nunca mostrou os documentos para você? E você? Já mostrou os seus para ele? Vai ver, todos esses documentos já estão misturados, não é? Os seus e os dele... os seus e os dele... os seus e os dele...

Telmah pegou mais um papel.

– Está vendo? Nem todos os documentos são de papai. Este aqui é meu. Aqui diz que eu nasci. Deve ser verdade. No dia tal, a tal hora. Diz até quem é o meu pai e a minha mãe. Está escrito, assinado e carimbado. Então deve ser verdade. E eu devo acreditar. Mas, e se não for verdade? E se tiverem feito este documento só para me enganar? Eu posso até ser filha de outro pai e de outra mãe. Posso até nem ter nascido! Já pensou nisso? Os documentos não deveriam mentir... Este outro diz que minha mãe morreu. Deve ser verdade. Mas, se não tivessem escrito, ela não teria morrido? Ah, seria bom que ninguém tivesse escrito este documento...

– Telmah, minha filha...

– *Sua* filha? Outra vez? Seu nome não está no meu documento. Somente a verdade está nos documentos. Então é mentira que eu seja sua filha. Se eu for sua filha, tudo o que está nos documentos é mentira. E, se tudo o que está nos documentos é mentira, mamãe não morreu e eu não nasci. Eu sou ninguém. Sou um fantasma. Você já conversou com um fantasma? Eu já...

Alice abriu a boca e não conseguiu dizer mais nada.

– Aqui há todos os tipos de atestado. Atestados de vida e atestados de morte. Ah, tudo está registrado, direitinho! Não falta quase nada. Sabe o que falta? Falta um atestado da verdade. A verdade não está nos atestados. Está escondida e muito bem-escondida. Serei eu a assinar esse atestado... Já imaginou? Eu, a pequena Telmah, assinando atestados? Procurando a verdade dos fantasmas? Descobrindo a verdade que só os fantasmas conhecem? Trazendo para os vivos a verdade dos mortos?

Levantou-se e jogou o papel para o alto.

– Aprenda a brincar com fantasmas em vez de brincar com bonecas e com "coisas". Eles não são tão excitantes, mas a gente pode aprender muito com eles. Os fantasmas sabem tudo. As pessoas só sabem aquilo que está escrito nos documentos.

Acompanhada por Filhinha, correu para a porta. Parou um momento e voltou-se para Alice:

– Não beba nada que está dentro dos copos, senão você pode engolir um fantasma! Aprenda a brincar com fantasmas. *Seja* um deles, "tia" Alice!

E desapareceu pela porta.

Alice ficou um instante sem ação. Em seguida abaixou-se e pegou o papel que vira a menina examinando no momento em que entrou na biblioteca.

Era a certidão de óbito da mãe de Telmah.

✚ ✚ ✚

Alice entrou na suíte de Cláudio sem bater, como se não fosse a primeira vez. Cláudio fazia a barba e olhou-a como se não fosse estranho ver, dali, de dentro do banheiro, a melhor amiga de sua falecida mulher. Formavam um casal como qualquer outro.

– As amigas de Telmah já foram embora, Cláudio – relatou Alice, preparando o terreno antes de entrar no assunto principal. – Ficaram meio sem jeito, depois que Telmah se trancou na biblioteca, sem querer falar com ninguém.

Com o zumbido do barbeador elétrico, Cláudio mal ouviu e resmungou qualquer coisa. Alice continuou, escolhendo as palavras.

– Nem sei como começar, Cláudio. Mas sei que devo falar. É uma pena que eu deva falar disso, mas é uma pena ainda maior que tudo isso esteja acontecendo...

– Hein? – fez Cláudio, desligando o barbeador. – Desculpe, Alice. Não entendi direito.

– Ah, é tão difícil falar disso para você... Mas para quem mais eu poderia falar?

Cláudio sorriu:

– Se você me disser o que é "isso" de que quer falar, talvez eu possa ajudá-la e apontar quem deve ouvir...

– Você. Ninguém mais.

– É sobre Telmah? Olhe, eu sei que Telmah tem sido agressiva, mas você deve tentar compreendê-la, Alice. Ela está muito abalada com a morte da mãe. É normal que esteja abalada. Era muito ligada à mãe, você sabe. E é claro que a decisão de nos casarmos o mais depressa possível haveria de despertar ciúme na menina. Dê-lhe tempo. Ela há de se ajustar.

– Não é tão simples assim, meu querido. Eu poderia me calar. Mas, para o bem de Telmah, é preciso que eu fale.

Suspirou, procurando fôlego para o que tinha a dizer.

– Acho que sua filha enlouqueceu, Cláudio.

– Ora, o que você está dizendo?

– Não me entenda mal, Cláudio. Eu não falaria nada se não tivesse ouvido o que ouvi.

– Está bem, Alice. O que você ouviu?

– Muito. Ela falou comigo de uma maneira muito estranha. Estava na biblioteca, mexendo na sua pasta de documentos. Lia a certidão de óbito da mãe, quando eu entrei. Primeiro, fez que não me reconheceu. Depois, ficou dizendo coisas sem nexo, sobre documentos e fantasmas...

– Telmah está doída de saudade da mãe, Alice. Mas não está doida. Está querendo agredir você. Não aceite a provocação. Ela há de se acostumar, aos poucos, com a ideia da morte da mãe e com o nosso casamento.

– Não é só comigo, Cláudio. Sei que ela não gosta de mim. Mas e Tiago?

– Tiago? O que você ouviu?

– Telmah. E Tiago.

– É um bom garoto. Agora você deu para meter o nariz em conversinhas de namorados, é?

– Foi sem querer, Cláudio. Mas isso não importa agora. O que importa é que Telmah agiu de uma forma surpreendente com Tiago. Dizia coisas sem sentido, com um cinismo incrível, como se quisesse livrar-se dele...

– Livrar-se dele? Duvido! Ela não pode viver sem aquele rapaz!

– Pois não é o que parecia, Cláudio. Você deveria ter ouvido o que eu ouvi...

✚ ✚ ✚

Ao telefone, Cláudio falava, dolorosamente:

– Bem, doutor Poloni, Alice me alertou sobre o comportamento estranho de Telmah, mas, para mim, parecia normal um pouquinho de ciúme nessa fase... É, pelo jeito, talvez toda essa dor a tenha afetado mais profundamente do que eu imaginava... Se é assim, acho que o melhor mesmo é o senhor passar por aqui, para uma avaliação mais precisa, não é? Bem, se o senhor tiver tempo, esta tarde... Está bem, estaremos esperando pelo senhor.

Cláudio desligou o telefone e esfregou a mão por todo o rosto, confuso. Alice o olhava, esperando um relato do telefonema, mas Cláudio ficou um momento sem falar. Doutor Poloni era o velho médico da família. Cuidara da esposa, como ginecologista, e de Telmah, como pediatra. Também cuidara de sua mulher como cardiologista, até sua morte repentina. E assinara a certidão de óbito, como se fosse patologista.

O pai de Telmah andou até os janelões que davam para a varanda. Alice o acompanhou e respeitou o silêncio de Cláudio, que olhava hipnotizado para a tarde chuvosa.

– Telmah apareceu na casa de Poloni, esta manhã, logo antes do almoço, Alice. E portou-se do jeito que você falou. Queria saber da morte da mãe. Perguntou se foi feita autópsia. Imagine! Autópsia!

– Ela anda mesmo estranha, Cláudio...

– Poloni vem vindo para cá. Ele acha que pode descobrir o que está havendo com Telmah.

Encostou o rosto no vidro gelado.

– O que está havendo com minha filha, Alice?

AGORA ESTOU SOZINHA...

O livro não era longo. Uma história de amor e dedicação de uma adolescente chamada Isabel. Telmah estava já na metade. Sentada no tapete da biblioteca, fechou o livro e olhou para a capa. Como em um espelho, viu-se na foto, com uma lágrima escorrendo pelo rosto.

– Uma garota como eu... Deve ser uma atriz. Posso imaginar essa menina posando para o fotógrafo... E chorando de verdade, como se, de verdade, ela sentisse o desespero da heroína do livro. Isabel... Chorando por Isabel... Mas o que é Isabel para ela, ou ela para Isabel, para chorar com tanta sinceridade? O que ela entende das paixões dos outros para se emocionar dessa maneira pelo desespero que nunca sentiu? Como se sentiria essa atriz se tivesse os *meus* motivos para chorar? Não derramaria apenas uma lágrima, mas haveria de arrancar os próprios cabelos, de enlouquecer de dor, de se desfigurar a tal ponto que estaria horrorosa na hora de posar para a foto...

Abriu novamente o livro. Não pôde ler. Olhou para a cadelinha deitada no tapete.

– E eu? Que faço? Que estou fazendo além de me fingir de louca e me trancar como uma covarde? Estou arrancando os cabelos, enlouquecendo de dor, desfigurando-me de ódio pela revelação do meu fantasma? "Vingança, Telmah! Vingança!"

Enrodilhou-se sobre a cachorrinha, como se a protegesse de uma chuva impossível, ali, sobre o tapete da biblioteca.

– Agora estou sozinha... Serei covarde? De que adianta ficar falando com você, Filhinha, que sempre me ouve mas nunca responde? O que estou querendo provar? Que meu pai é um assassino? O que eu quero? Enfiar meu pai na prisão como ele enfiou minha mãe na sepultura? Que filha eu sou? Filha de quem? De um assassino? Meu pai! Lindo, único, assassino! Ah! Vingança!

A cachorra ganiu baixinho.

Um ruído na porta. Telmah endireitou-se e abriu o livro em qualquer página.

Era o doutor Poloni. Com o ar sério de todos os médicos.

– Oi, Telmah.

A menina não respondeu. Para ela, Poloni não lhe havia dado respostas satisfatórias sobre a morte da mãe.

Sua mãe era cardíaca, dissera ele. Morrera de um ataque fulminante. É claro que não tinha havido nenhuma necessidade de autópsia. Pois bem, se as respostas do médico não tinham sido satisfatórias, as de Telmah também não seriam.

O médico aproximou-se, sorrindo.

– Eu disse "oi, Telmah".

Nenhuma resposta.

– O que você está lendo?

– Palavras, palavras, palavras...

– Muito bem. Que palavras você está lendo?

– Lendo? Eu estou escrevendo...

– Está, é? Mas eu não estou vendo nem lápis nem caneta em suas mãos. Como é que você pode estar escrevendo?

– Com a cabeça. Eu estou completando tudo o que o escritor não incluiu no livro. A menina desta história acha que é feia, acha que é gorda. Mas o autor não diz se ela é mesmo gorda e feia. Então é preciso que eu pense, que eu imagine e resolva se, afinal de contas, essa Isabel é gorda mesmo, se é feia mesmo. De outro modo não dá para continuar lendo o livro. Está vendo? Assim são os livros incompletos. É preciso sempre um leitor para completá-los. Tem autores assim. Obrigam a gente a imaginar em vez de imaginar pela gente.

Poloni sorriu e puxou uma cadeira. Sentou-se diante da menina. Ele não era psiquiatra, mas se gabava de conhecer as pessoas. E os delírios daquela menina que ele ajudara a vir ao mundo não pareciam loucura.

– Quer dizer que os escritores são incompletos?

– Não. Nem todos. Só os bons. Tem escritor completo, que conta tudo direitinho, descreve tudo com todos os detalhes, cada personagem, cada cenário, cada vestimenta. Aí resta quase nada para a gente imaginar, e o livro fica chato. Por isso, os livros chatos fazem enorme sucesso.

– Verdade? Mas a maioria das pessoas...

– A maioria das pessoas é muito preguiçosa ou muito burra. Não sabe ou não tem vontade de imaginar. Aí não ajudam os autores incompletos, acabam não gostando do livro e por isso dizem que não gostam de ler.

– Ora, eu gosto de ler, mas...

– Enquanto estou lendo um livro, gosto de escrever outro dentro da minha cabeça. É como se eu me tornasse parceira do escritor. Só que eu sei o que ele escreveu, e ele não tem nem ideia do que eu escrevi! É por isso que geralmente eu gosto dos livros que leio, pois o que mais gosto é do livro que escrevi, dentro da minha cabeça, enquanto lia o tal livro incompleto. Ah, o que seria dos escritores sem mim?

– Você é a menina mais inteligente que eu já conheci, Telmah. Mas ainda acho que...

– Eu descobri para que sirvo: para desmascarar o trabalho dos outros. Nos livros e na vida. Os bons trabalhos e as sujeiras. Os amores... e os crimes!

O velho médico estava fascinado com o raciocínio da menina, mas sabia que não podia se deixar envolver por aquela lógica, sob pena de errar o diagnóstico.

– Telmah, você sabe quem eu sou?

– Claro que sei. O senhor é um cafetão.

Poloni olhou firme para a menina e desviou rapidamente o olhar. Sentiu pena. Aquela era a última pessoa no mundo que ele aceitaria ver enlouquecer.

– Por que você acha que eu sou um cafetão?

– Um cafetão vive de explorar suas mulheres, vive da desgraça das suas mulheres. Não é disso que o senhor vive? Da desgraça dos outros?

– Você sabe onde está, Telmah?

– Sei. Estou numa prisão.

– Numa prisão?

– Sim. O mundo todo é uma prisão. Uma prisão composta de uma porção de celas, de calabouços, cercada por grades, compromissos. E esta casa é a mais fechada de todas as prisões. Sabe o que eu quero? Quero fazer com que alguém saia desta prisão para entrar noutra, até menos terrível do que esta...

– Onde está seu pai, Telmah? Você sabe onde ele está?

– Está morto.

– Seu pai está morto?

– Ou está louco. Depende do que o senhor quiser. Não se diz "louco de paixão", "morto de saudade"? Não é assim que todos dizem? Ele certamente não está morto de saudade. Então ele não está morto. Mas ele pensa que está louco de paixão. Então ele está louco.

– E sua mãe? Onde está? Hoje de manhã, você parecia saber onde ela estava.

– É claro que eu sei. Está num jantar.

– Num jantar?!

– Num jantar onde ela não come, é comida. O senhor já percebeu como todos nós agimos? Nós engordamos os porcos para que eles nos engordem depois. E nos engordamos para engordar os vermes subterrâneos depois de nossa morte. Um rei gordo e um mendigo esquelético têm o mesmo destino: a barriguinha dos vermes!

Olhou carinhosamente para o velho médico, que tentava não demonstrar o espanto que sentia.

– O que o senhor comeu hoje, no almoço?

– Eu? Peixe, eu acho...

– Não. O senhor comeu um rei.

– Como assim, Telmah?

– Assim mesmo. É fácil comer um rei. É só pescar com um verme que comeu um rei debaixo da terra e depois comer o peixe que comeu o verme. Se o senhor jogou os restos do almoço no lixo, talvez um mendigo os tenha encontrado. E se regalado, devorando um rei!

– O que você quer dizer com isso?

– Nada. Apenas quero provar como um rei pode se transformar no cocô de um mendigo...

Pegou Filhinha no colo e correu para fora.

Por um momento, o velho médico não conseguiu mover-se, como se estivesse pregado na cadeira.

✚ ✚ ✚

✚ ✚ ✚

Na sala, Cláudio e Alice levantaram-se com a entrada de Telmah. Por trás da menina, na porta da biblioteca, apareceu a figura preocupada de Poloni. De pé, na frente dela, surgiu Tiago.

– Ah, estou cercada...

Telmah parou no meio do círculo e olhou serenamente para todos os rostos. Com um sorriso ingênuo, falou com toda a meiguice de que era capaz:

– Oh, mas estão todos aqui! E que expressões preocupadas! Vejam: papai parece tão triste... Não faz nem duas horas que mamãe morreu, e papai ainda está triste...

Alice interveio, maternalmente:

– Não, Telmah. Já faz quase dois meses...

– Tudo isso? Ah, mas que maravilha! Já está morta há quase dois meses e ainda não foi esquecida? Fabuloso! Do jeito que vão as coisas, haverá quem se lembre dela daqui a meio ano... Mais do que isso, só se erguermos uma estátua em bronze e a colocarmos no meio de uma praça. Mesmo assim, não vai dar certo. Numa bela tarde de domingo, quando os pombos estiverem usando a estátua como privada, vai passar um menino e perguntar:

"Manhê! Que estátua horrorosa é essa?". Sabem o que a mãe vai responder? "É da Princesa Isabel, meu filho. Aquela que descobriu o rádio..."

Tiago interrompeu.

– Telmah, preciso falar com você. Acho que você também precisa falar comigo.

– Você veio buscar Filhinha, Tiago? Lembra-se? Eu a ofereci a você...

Tiago não se aproximou. Sem desviar os olhos da menina, dirigiu-se aos outros.

– Por favor, eu gostaria de falar a sós com Telmah.

– A sós? Por que, Tiago? O que você quer me dizer que os outros não possam escutar?

– Nada. Eu quero ouvir. Acho que você tem coisas para me contar que talvez os outros não devam ouvir.

Com um sorriso demente, Telmah moveu-se lentamente em torno do círculo formado pelos quatro e parou diante do rapaz.

– Mentiroso... um lindo mentiroso... Todos aqui sabem o que você quer de mim... Não quer falar nada. No máximo, quer gemer um pouco e escutar meus gemidos, enquanto faz outras coisas... Não é o que todos querem?

– Telmah! – Cláudio ofendeu-se. – Isso não é coisa que...

A menina estendeu a mão espalmada para o pai. Foi girando o braço enquanto falava.

– Cinco! Todos nós temos cinco sentidos. Cinco! Sabem para que servem eles?

À medida que falava, fechava cada dedo sobre a palma da mão.

– O paladar serve para se regalar com o sabor das falsificações. O tato, para sentir as bofetadas: quando se dá e quando se toma. A audição é ótima para se ouvir mentiras. O olfato, para perceber o cheiro da podridão. A visão, perfeita para que se enxergue somente aquilo que querem que a gente enxergue. O resto está escondido!

O punho já se fechava, apertado.

– Há um sexto sentido, porém. Aquele que permite a alguns sentir, ouvir, cheirar, saborear e enxergar a verdade escondida. E esse sentido *eu* tenho. Poucos conseguem dominá-lo, mas eu consigo. Não é uma sorte? Mas o que é a sorte? A sorte nunca vem de graça. A sorte exige pagamento. A sorte é uma vagabunda!

Aproximou-se de Tiago e tomou delicadamente seu rosto nas mãos.

– Só que também há um sétimo sentido, não é, Tiago? Um outro modo de sentir. Não é com a boca, com os olhos, com os ouvidos, com o nariz, com a ponta dos dedos nem com a alma. É com esse sentido que você quer me sentir? Por isso não quer ninguém por perto? É assim que você me quer? Afinal, não me custaria nada satisfazer seu sétimo sentido. Só um gemido, uma gota de sangue... e pronto!

Cláudio não acreditava no que ouvia:

– Telmah, não fale assim, minha menina querida...

Telmah não desviou os olhos do rapaz. Afastou-se e pareceu falar com seriedade:

– Vá ser padre, Tiago! Como padre, você pode me sentir de uma oitava maneira. Com sua imaginação. Guarde sua Telmah na imaginação, Tiago. Guarde sua Telmah na sua memória. Para sempre. Esqueça esta Telmah que você está vendo agora. Para sempre! Para sempre! Para sempre!

Tiago não pôde encarar a menina. Seus olhos se abaixaram, cheios de água.

DEVO FAZÊ-LO AGORA!

Telmah desapareceu. Para o jardim. Para longe. Para dentro de si mesma. Tiago voltou as costas e saiu, de cabeça baixa. Sem se envergonhar das próprias lágrimas, mas também sem querer dividi-las com ninguém.

Cláudio, Alice e Poloni continuaram imóveis, como se nenhum quisesse ser o primeiro a comentar o que tinham acabado de assistir. Foi Alice quem quebrou o silêncio:

– O caso é grave, não é, doutor Poloni?

O médico movimentou-se, como se estivesse em seu consultório, procurando parecer seguro.

– Bem, talvez não seja. Trata-se de uma crise, sem dúvida nenhuma. Nas crises, tudo sempre parece mais tremendo e irremediável. Na origem, talvez, tudo possa se demonstrar mais simples.

– *Apenas* uma crise? Mas o senhor não a ouviu falar?

– Ouvi, Alice. Conversei bastante com ela, a sós, e posso dizer, mesmo sem ser um especialista, que Telmah apresenta desvios claros de conduta e de interpretação da realidade, mas baseia tudo o que diz numa lógica irrefutável. Dura, mas irrefutável.

Cláudio tentou colocar palavras de conforto na boca do médico:

– Talvez seja só uma crise nervosa, não é, Poloni?

– Talvez. Não posso dizer. Mas devemos considerar toda a pressão psicológica por que Telmah está passando. A morte da mãe, a decisão do casamento de vocês, a paixão louca por esse garoto... e até o que anda lendo. Devem ser essas historinhas policiais, cheias de violência, de cenas de sexo e depravação, como tudo hoje em dia. Isso acaba perturbando mentes ainda não completamente formadas, vocês sabem. Quando conversamos, há pouco, ela estava lendo um livro. Veio com umas ideias extravagantes, ideias com sentido, mas totalmente alienadas. Ela parecia julgar-se a escritora, a autora das tais tramas sórdidas, não uma simples leitora...

– Bem, doutor Poloni, o senhor não acha que o melhor seria procurar auxílio mais especializado? – sugeriu Alice. – Afastá-la daqui, talvez...

– Não, por favor, não! – Cláudio interrompeu, ansioso. – Esperem um pouco antes de decidir que minha filha está louca. Pode ser só uma maneira de nos agredir, por ciúme do nosso casamento, Alice. Acho que não conversei direito com ela, não expliquei direito toda a situação. Ela se acostumou a discutir tudo com a mãe. Eu sempre tive pouco tempo, e nós sempre conversamos tão pouco... Essa é a hora de começar. De tentar, pelo menos.

– Bem, uma boa conversa, de pai para filha, só pode ajudar, Cláudio – aconselhou o médico.

– Não vá embora ainda, Poloni. Espere até que eu converse com Telmah. Depois discutiremos novamente o caso, com novos dados.

– Seria ótimo se o doutor Poloni pudesse ouvir o que vocês vão conversar, não é? – sugeriu delicadamente Alice. – Sem que Telmah soubesse, é claro!

– Bem, isso não é muito ético, mas... se Cláudio concordar...

Alice interrompeu:

– Então é isso, Cláudio. Telmah não deve demorar no jardim. Está uma chuva miúda e gelada. Espere no salão. Eu e o doutor Poloni estaremos na sala de som, ao lado da porta. Tenha calma, meu querido. Tudo há de sair bem!

Beijou-lhe rapidamente o rosto.

+ + +

– O que eu vou dizer quando ela chegar?

Seu corpo grande afundou na poltrona e Cláudio perdeu a dimensão de si mesmo: não sabia mais o tamanho de um adulto, de um marido, de um pai, de um viúvo. De repente tudo lhe pareceu maior, mais assustador, fora do seu controle, do seu alcance, da sua capacidade.

- Eu nunca fui um pai, realmente... O que é ser pai? É lutar dia após dia para garantir todos os luxos da minha filha? Isso eu sempre fiz da melhor maneira. O resto era com a mãe de Telmah, eu sempre pensei. E agora? Como substituir a mãe de minha filha? Como ser pai e mãe ao mesmo tempo? Ah, se Telmah aceitasse Alice com mais facilidade... Eu não sei fazer mais do que faço, nunca fui treinado para isso.

Sozinho, no imenso salão, Cláudio parecia não estar na própria casa. Sentia-se como um intruso que, de uma hora para outra, tem de conquistar o mundo, tem de estar presente. De corpo e alma.

– É tudo tão difícil... A mãe de Telmah... tão de repente... Acho que ela sempre foi um pouco minha mãe, também. Sempre a postos, sempre resolvendo tudo, me apoiando, me aceitando como eu era, sem jamais tentar me modificar... Agora eu tenho de ser outro, tenho de conquistar minha filha, como se não fosse minha filha... Ai, que saudade... Que desespero! Minha mulher... minha mulherzinha... morta! Minha filha... louca! O que me resta?

Cláudio não tentou deter o pranto doído que nunca se imaginara capaz de chorar. Entregou-se a ele, como a um amigo.

+ + +

Os cabelos de Telmah estavam úmidos. Através das vidraças da varanda, ela olhava de fora para dentro, como se assistisse a um filme. Filhinha sacudiu-se, molhando o tapete da entrada.

– Ah, meu pai! Ainda há lugar para o remorso no seu coração. Chora, pai! Que esse remorso se transforme em veneno e o inunde por dentro! Mesmo assim, você jamais poderá limpar sua consciência entupida por um crime imundo!

Entre ela e o pai, um pedestal suportava uma estátua de bronze, a figura da cega Justiça, com sua balança e sua indiferença. Telmah calculou que devia pesar uns cinco quilos. Seria fácil manejá-la e, num golpe súbito, acabar com tudo, de uma vez por todas.

– Não importaria o que fizessem comigo depois. Estaria tudo acabado. Tudo tão simples... um gesto, apenas.

Tremendo, seus dedos encostaram-se na porta envidraçada.

– Devo fazê-lo agora. Agora? No momento em que ele está chorando, arrasado? Corroído pelo remorso? Arrependido de sua ação medonha? Agora? Ah, não! Vai que exista um céu, vai que exista um inferno. Para onde eu devo mandá-lo? Para o céu? "Vingança!", disse o meu fantasma. Será essa a vingança? Mandar para um céu de alegrias aquele que condenou minha mãe a vagar à procura de descanso e consolo? Não! Devo esperar um momento melhor. Deve ser em um momento em que ele esteja suando no seu leito imundo, com a traidora, com a aproveitadora, com a maldita... Para que ele tenha tempo, por toda a eternidade, para repensar seu crime, para repassá-lo em fogo e enxofre!

Seu queixo tremia de frio, de ódio, de indecisão.

– Meu Deus! O que eu estou dizendo? Meu pai? Ai, a loucura que eu finjo está começando a tomar conta de mim. Daqui a pouco não precisarei mais fingir...

Empurrou a porta.

– Será que eu consigo?

Olharam-se profundamente, sem se reconhecer. Filhinha rosnou para Cláudio, como se compartilhasse das dúvidas de sua dona.

– Telmah, você me magoou muito...

Como um gato molhado que procura o calor do fogo, Telmah aproximou-se e sentou-se no tapete, aos pés do pai.

– Vamos falar de mágoas, papai? Então está bem. Vamos falar de mágoas. Vamos ver quem mais magoou e quem ficou mais magoado. Primeiro, vamos falar da memória de minha mãe. Vamos ver quem mais ofendeu a memória dela. Vamos ver quem mais ofendeu minha saudade, quem não respeitou minha saudade...

Cláudio tomou nas mãos o rosto da filha, com uma delicadeza de que aquelas mãos tão grandes não pareciam capazes.

– Eu sempre tive pouco tempo para você, não é, minha garota? Nunca conversamos como pai e filha devem conversar. Quem sabe, agora, nossa solidão possa nos aproximar...

Com o rosto preso entre aquelas mãos, Telmah sentia o forte cheiro masculino da água-de-colônia do pai.

– *Nossa* solidão? Você não me parece tão só, papai...

– Ah, minha filha... Há tanto ainda para você compreender... E *como* eu preciso da sua compreensão! Você precisa lembrar-se de que...

A menina segurou-lhe os dois pulsos e livrou o rosto, com firmeza.

– Lembrar-me? Sou eu que tenho de me lembrar? Eu me lembro de muita coisa, papai. Eu me lembro de tudo, o tempo todo. Você é que parece se esquecer de tantos anos maravilhosos, de tanto amor, de tanta...

– Telmah, você não compreende! Não pode tentar me entender? Eu jamais vou poder esquecer sua mãe! Eu a amava, Telmah! A presença dela continua no meu pensamento, me remoendo, me ocupando, me impedindo de pensar. Me entenda! A vida tem de continuar! E Alice está...

– Alice!

Ainda agarrando os pulsos do pai, Telmah aproximou seu rosto do dele.

– Feche os olhos, papai. Feche os olhos e veja, dentro de você, a imagem de mamãe. Essa imagem que você diz não ter esquecido. Olhe de novo dentro dos olhos dela. Veja quanto carinho, quanta segurança havia no olhar de mamãe... E tudo para quem? Para você! Veja como ela era bonita. Sempre arrumada, sempre esperando por você, sempre disposta a fazer as suas menores vontades. Veja seu sorriso, sempre a postos com um perdão para todas as suas explosões, para as suas ausências...

Telmah fez uma pausa. Curta, mas nervosa.

Obedientemente, aquele homem grande mantinha-se de olhos fechados, ante a grandeza do corpo miúdo da filha. De olhos fechados, talvez para não chorar.

– Agora olhe para o outro lado, pai. Veja a imagem dessa outra, dessa falsa amiga, desse pedaço de traição, que se aproveita de um momento em que...

– Não, Telmah...

– Como se comparam essas duas? Uma delas não tem nada, *só* a vida. A outra tem tudo, *menos* a vida. E esta, *você* a tirou!

Cláudio puxou a filha para si, abraçando-a apertado.

– Oh, Telmah, minha querida! Não diga mais nada. Isso é loucura... isso...

– Não, papai. Não esconda atrás da minha loucura a verdade do que eu digo. Dizer tudo isso dói mais em mim do que ouvir dói em você.

– Minha filha, você parte o meu coração...

– É isso que eu quero, papai. Partir seu coração em dois e jogar fora a metade pior. Você viverá melhor com a metade que presta. A metade que eu amo e que mamãe amou. A outra dê a Alice. Ela tem duas metades iguais dentro do peito. E nenhuma das duas vale nada!

Num salto, Telmah pôs-se de pé.

– Aí está! O plano era perfeito, mas tinha uma falha. Sabe qual é? *Eu ainda* estou viva!

Andando de costas, afastou-se, sem desviar os olhos do olhar do pai.

– Eu ainda estou viva, papai!

Girou sobre si mesma e correu em direção ao quarto.

07

NINGUÉM MUDA OS FANTASMAS

– Como eu já disse, Cláudio, tudo parece irremediável nas crises agudas – explicou o doutor Poloni, pausadamente.

Poloni e Alice saíram da biblioteca logo que Telmah desapareceu na escadaria. Alice sentou-se no braço da poltrona de Cláudio, passando a mão por seus cabelos numa tentativa de afastar a nuvem que pairava sobre toda a sala depois da louca conversa de Telmah.

De pé, na frente do amigo arrasado, o médico continuou:

– A intensidade da crise não quer dizer que, necessariamente, o problema de Telmah seja grave. Sem dúvida é uma crise esquizoparanoide, mas, hoje em dia, isso pode ser controlado com segurança...

Cláudio continuava enterrado na poltrona, parecendo muito menor, como se tivesse sido esmagado pela atitude da filha.

– A culpa é minha, Poloni. Eu nunca dei a Telmah a atenção que ela merecia. Nunca fui um bom pai. Agora meu comodismo está se voltando contra mim...

– Não se culpe, querido...

Alice abraçou Cláudio, puxando-lhe o rosto para seu peito.

– Você ouviu, não é, Alice? Telmah me acusou de tirar a vida de minha mulher! E ainda disse que eu também devia tê-la matado! A ela! Minha própria filha!

Poloni sorriu, profissionalmente:

– Isso é típico, Cláudio. Numa crise paranoide, o paciente tem delírios de perseguição, pensa que o mundo inteiro está contra ele, que as pessoas mais queridas querem prejudicá-lo...

– Mas ela não vê que...

– Não, Cláudio. Numa crise como essa, o paranoico não tem condições de entender a realidade como ela é. Para ele, a realidade é seu próprio delírio. Ele acredita em sua alucinação como se ela fosse verdade. Mas não há razão para susto. Hoje em dia há tratamentos que...

– O melhor, certamente, seria afastá-la do ambiente que gerou o problema, não é, doutor Poloni? – sugeriu Alice.

– Bem, sem dúvida o problema de Telmah foi gerado pela morte da mãe e talvez também por essa paixão exagerada pelo rapaz. De certa forma, a dor pela morte da mãe deve ter provocado algum tipo de remorso infantil na menina. Para lutar contra ele, sua alucinação acabou por jogar a culpa sobre as pessoas que ela mais ama, como você, Cláudio, e aquele rapaz, Tiago...

Alice insistiu:

– Então, afastar Telmah do pai e de Tiago por algum tempo certamente é o melhor a fazer, não é, doutor Poloni?

– Como eu já disse, Alice, psiquiatria não é minha especialidade. Mas posso afirmar que, em qualquer caso de crise aguda, o melhor mesmo é internar o paciente, para que os médicos tenham melhores condições de controle. Eu poderia aplicar um calmante em Telmah e, na segunda-feira, falar com um colega psiquiatra que...

– Por que esperar até lá, doutor? – perguntou Alice. – O estado de Telmah pode piorar, não é?

– Piorar? Talvez sim, talvez não...

Alice voltou a insistir:

– Pode ser arriscado, não é, doutor Poloni? Uma crise de depressão pode levá-la ao...

– ... ao suicídio? – cortou o médico. – Ora, Alice, isso...

Cláudio levantou a cabeça, ansioso:

– Como? Quer dizer que Telmah corre o risco de se matar?

– Por que arriscar, doutor Poloni? – cortou Alice. – Por que não telefona agora mesmo para o seu colega?

– Bem, talvez seja mesmo melhor procurar uma segunda opinião – concordou Poloni, dirigindo-se ao telefone.

+ + +

Cláudio tremia, febril, quando o médico desligou o aparelho.

– Minha filha? Internar minha filha num hospício?

Doutor Poloni era desses médicos que consideram importante a tranquilidade do paciente e de sua família no processo de tratamento. Enquanto preparava a injeção, sorriu, com segurança:

– Hospício? Ora, Cláudio! Essa palavra não se aplica à clínica desse meu colega. É uma casa de repouso sofisticadíssima, tão confortável quanto esta casa. Lá, Telmah terá o melhor tratamento do país. Fique tranquilo. Sua filha não poderia estar em melhores mãos.

Tudo parecia um sonho. Telmah sentia-se entorpecida. As pessoas à sua volta eram formas etéreas, desligadas do chão, vagando por um cenário deformado como em um espelho de parque de diversões.

Notou que estava sentada no banco do carro, ao lado do pai. Ouviu o motor sendo ligado e percebeu que o carro se movia. Subitamente, sentiu falta de sua cachorra.

– Filhinha... Onde está Filhinha?

– Sua cachorrinha estará bem, Telmah – acalmou-a o pai. – Ela quer que você melhore. Como eu, como todos nós, minha querida.

– Para onde você está me levando, papai?

– Procure descansar, Telmah. O doutor Poloni aplicou-lhe uma injeção que vai fazer você descansar. Temos mais de uma hora de carro até a clínica...

– Clínica? Não quero ir, papai...

A chuva aumentava, obrigando Cláudio a dirigir com mais cautela. Começava a anoitecer quando o carro entrou na estrada.

– Não se assuste, Telmah. Você precisa de ajuda. O doutor disse que o lugar para onde você vai é uma das clínicas mais modernas da América Latina. Você estará nas melhores mãos. Vai descansar um pouco e colocar suas ideias em ordem. Será por pouco tempo, você vai ver!

– Não quero ir, papai...

+ + +

Era domingo, dia de visita na clínica. Seu pai não viria, como não tinha vindo nos três domingos anteriores.

– Estou enterrada. E ninguém visita meu túmulo para trazer flores. Como um cadáver deve sentir-se só debaixo da terra! Apodrecendo sozinho, sem ver o rosto de sua visita de domingo, que lhe traz flores...

Ouvia, sem escutar, o matraquear das suas companheiras de loucura, arrumadíssimas e excitadíssimas à espera de seus visitantes. Aquela era a ala feminina. A clínica mais parecia um hotel-fazenda de luxo, onde só faltavam os cavalos e as porteiras abertas. Uma confortável prisão.

Afastou-se da varanda da clínica e sumiu pelo jardim, longe das espreguiçadeiras onde se estendiam as pacientes mais velhas, mais trêmulas, mais alienadas, que repetiam sempre os mesmos sonhos.

– Sonhar sempre o mesmo sonho é como reviver sempre a mesma vida. Para quê? Para corrigir os erros cometidos em cada nova oportunidade? Eu não posso tentar isso. Meu único sonho é um pesadelo. Protagonizado sempre pelo mesmo fantasma. E os fantasmas são imutáveis. São teimosos. Ninguém pode mudar um fantasma. O meu fantasma só pensa em vingança. E deve estar furioso comigo. Porque eu falhei. Porque eu me deixei aprisionar. Porque não posso vingar mais ninguém.

Era o tempo da floração das azaleias, e Telmah vagou por entre moitas coloridas como enormes buquês. Um solzinho-criança tentava aquecer o jardim. A menina não sentia mais a tontura dos primeiros dias. Tinha aprendido a fingir que tomava o coquetel de comprimidos que as enfermeiras lhe obrigavam a tomar, escondendo-os debaixo da língua e cuspindo-os depois. Mas era obrigada a representar os efeitos da medicação para que não descobrissem sua farsa. Precisava das ideias claras, sem entorpecimentos. Precisava pensar. Seu fantasma exigia-lhe consciência. Exigia-lhe ação.

Ouviu uma gargalhada alegre, a distância. Mais uma vez teve inveja das suas companheiras de loucura, com seus visitantes e seus presentinhos, suas pequenas trocas de amor. Sentia-se abandonada dentro de sua loucura fingida. Sua loucura era falsa. A loucura das suas companheiras era verdadeira. Eram loucas com razão de ser. Somente a sua era uma loucura louca.

– Por que você veio aqui novamente? Já não lhe disse para ir embora? Não quero você por aqui, sua porca!

Ai! Era aquela loirinha de novo! Aquela menina louquinha que sempre a confundia com alguma irmã que odiava. Telmah tinha aprendido a não discutir com a pobre menina. Nada poderia convencê-la. Ela estava certa, dentro de sua alucinação.

– Estou só de passagem. Já estava indo embora...

– É bom mesmo! Não vou ficar de castigo novamente por sua causa, sua nojenta! E não mexa mais nas minhas coisas!

– Está bem. Eu não...

A loirinha pulou na sua frente:

– Já lhe disse para ficar longe de mim! Tudo é para você, não é? Pois eu nem me importo! Só não quero olhar pra sua cara!

Telmah virou-se, para correr dali. A menina agarrou-lhe o braço.

– Não pense que eu não noto! Pensa que eu sou burra? Você é mimada, mas eu não sou burra! Vamos! Esfregue na minha cara seu boletim! Não é isso que você quer? Me humilhar? Tirou dez em matemática? Grande coisa!

Foi a primeira da classe? Grande coisa! É a filhotinha do papai? Grande coisa! Já ficou menstruada? Grande coisa!

Telmah lutou para safar-se. A menina era pequena e frágil como uma taça de cristal, mas parecia ter uma força incontrolável, alimentada por um ódio real.

– Pensa que eu não vi você com o Paulinho? Pensa que eu não vi o que vocês estavam fazendo? E depois sou eu que fico com todo mundo! Desgraçada! Por que tinha de dizer para a mamãe que eu não sou mais virgem?

A mão da menina golpeou o rosto de Telmah. Não foi forte a bofetada, mas as unhas arranharam seu rosto, rompendo-lhe a pele.

- Desgraçada! Maldita!
Eu amo você! Eu amo você! Por que você não liga pra mim? Miserável!

Telmah conseguiu safar-se com esforço e empurrou a menina, sem uma palavra. A pobre cambaleou e foi chocar-se com o corpo redondo da enfermeira-chefe, que aparecia naquele instante. Era o terror das internas, e Telmah havia, secretamente, apelidado a corpulenta enfermeira de Monga. Ela lembrava um enorme gorila de parque de diversões.

Monga agarrou pelos pulsos a pobre menina e falou com aquela voz seca, odiosa:

– Sua levadinha! Está aprontando de novo?

– Não faça nada com ela! – gritou Telmah. – Ela só está um pouco nervosa!

A menina parou de se debater dentro do abraço poderoso da enfermeira-chefe. Contra a força daquela mulher não adiantava resistir. Pelo menos alguma coisa a louquinha aprendera naquela clínica.

No olhar da menina, Telmah viu refletido o terror.

Monga olhou para Telmah sem diminuir a dureza da expressão.

– Estou procurando por você feito uma doida, Telmah. Você tem visita...

Por um segundo, Telmah esqueceu-se da defesa da pobre louquinha. Uma visita? Seria papai?

– Visita para mim? Onde?

– Mandei esperar na varanda. Ele já chegou faz meia hora...

Ele! Papai!

– O que você tem no rosto? – perguntou Monga, procurando alguma desculpa para também arrastar Telmah para a "sala de tortura", que era como as internas chamavam o setor de enfermaria onde se aplicavam choques elétricos e de insulina.

– Não é nada...

Monga afastou-se, arrastando firmemente a menina louca. Telmah sabia que ninguém mais a veria, por uns dias. Estaria dopada como um vegetal ao sair da "sala de tortura". Mergulhada na escuridão de sua loucura. Sonhando com seus desesperos. Mas sem incomodar ninguém. Só a si mesma. Aquilo era o tratamento.

Não havia nada mais que ela pudesse fazer. Seu problema era maior. Não era cuidar dos vivos. Era vingar os mortos.

Deu meia-volta e correu para a sua visita.

AOS MORTOS MANDAM-SE FLORES

No meio do jardim, novamente entre as moitas de azaleias, Telmah parou a corrida.

– Que estou fazendo? Que alegria é essa? Devo jogar-me nos braços de papai, como se nada tivesse acontecido, como se eu não fosse confidente de fantasmas? Jogar-me nos braços dele e jogar fora toda a encenação que me protege? Retornar à razão? E quem serei eu, se não for louca? Como viver naquela casa aceitando o crime? Dormir e comer apenas, como se somente para isso eu tivesse nascido? Que serei eu sem a minha loucura? Um animal, nada mais. Eu tenho um raciocínio, além de um estômago. E isso um animal não tem. E o meu raciocínio tem de ser louco para continuar lúcido.

Agarrou a própria cabeça e sacudiu-a, como se um enxame de abelhas atacasse seus cabelos, besuntados de mel.

– Ai, se eu dividir esse raciocínio, vou encontrar uma parte de juízo para três de covardia. Por que eu vivo falando em "vingança", sem nada fazer para me vingar? Vingar a mim ou vingar mamãe? Vingar a mim, sim, pois agora eu sou minha própria mãe aqui na terra. Meu pedaço de juízo tem de se tornar um pedaço de decisão e expulsar todas as partes de covardia. Não pode haver mais medo dentro de mim. Tenho de jogar fora tudo o que não for vingança em meus desejos. Será sangrento tudo o que eu fizer daqui em diante, ou o que eu fizer não será nada!

✚ ✚ ✚

Não era papai. Mais uma vez o pai não viera vê-la. O visitante era outro: Tiago.

– Telmah!

Por um momento, fitaram-se e nada disseram. Telmah teve vontade de jogar-se em seus braços, de chorar de alegria, de narrar-lhe toda a loucura daquele lugar, de falar sobre seus fantasmas, de exigir apoio...

Não falou nada.

– Meu Deus! O que você tem no rosto? Machucou-se?

– Não é nada. Uma carícia, apenas. Se eu fosse homem, era só dizer que me feri fazendo a barba, não é? Os homens têm sempre melhores desculpas do que as mulheres...

A vontade de Telmah não era brincar. Era abrir-se para Tiago como uma flor se abre ao colibri. Era senti-lo provando sua pele com os lábios, como uma cozinheira experimenta o ponto do tempero. Era permitir-lhe a descoberta dos recantos mais secretos. Era romper barreiras. Era arrebentar comportas. Era permitir que Tiago arrebentasse aquelas comportas que ela ansiava por sentir arrebentadas. Mas não conseguiu dizer o que sentia. E quem consegue dizer o que sente? O que sente realmente?

Tiago estendeu-lhe um pacote.

– Trouxe para você. Abra...

Telmah hesitou. Pegar o pacote seria aceitar o carinho de Tiago. Seria abrir uma brecha na fortaleza de insanidade que ela erguera em torno de si. Seria permitir que Tiago penetrasse em sua fortaleza. Seria permitir que Tiago desvirginasse sua loucura.

Aceitou o pacote.

Com um suspiro de alívio, Tiago falou, vendo Telmah levantar lentamente, com a ponta da unha, os pedaços de fita adesiva:

– Sabe, eu queria ter vindo antes, mas foi difícil descobrir onde você estava. Seu pai não quis me contar. Disse que era melhor você não receber visitas por uns tempos, até que... Bem, tive de investigar. Telefonei para todas as clínicas, mas ninguém queria informar nada por telefone. Mas eu acabei encontrando você.

Telmah terminou de desembrulhar o pacote.

– Bombons? Você não deveria ter trazido bombons. Aos mortos, mandam-se flores, não bombons.

Tiago sorriu. E disse o que tinha vindo dizer.

– Pare de fingir, Telmah. Eu não sairei daqui até que você tenha me contado a verdade.

– A verdade? Você conhece todas as verdades que devem ser conhecidas. Mas a verdade tem várias versões. Como saber qual delas é a verdadeira?

– Essa sua versão filosófica de louca está muito chata, Telmah. O que você está querendo provar?

– Nada. Aqui ninguém quer provas. Ninguém pede a opinião dos loucos. A verdade deste hospício só tem uma versão. Quem chora, quem se lamenta, quem clama por socorro é louco. Quem aplica choques, quem invade as veias com venenos anestesiantes, quem amarra pessoas na cama é sadio. Assim está combinado. Então é assim que deve ser, não é?

Ao lado deles, uma mulher falava alto, repetindo sempre a mesma saudação para sua visita, que permanecia sem jeito, sem saber como reagir àquela repetição monótona. Devia ser o marido. No fundo do terraço, uma garota bem jovem chorava, agarrando-se a uma mulher e implorando que a tirasse dali. Devia ser a mãe.

Monga apareceu na porta de entrada. Sua blusa estava desalinhada, mas ela trazia um estranho sorriso de triunfo. Dessa vez a pobre louquinha loura não apareceria. Monga cuidara dela direitinho.

Telmah e Tiago afastaram-se, entrando pelas alamedas do jardim. Tiago deu-lhe a mão e os dois caminharam lentamente, como namoradinhos de quermesse.

Telmah sentiu conforto, pela primeira vez naquelas quatro semanas. Tiago poderia ser um aliado? Ele *era* um aliado, a menina não tinha dúvida. Mas o que poderia ele fazer? O que poderia qualquer um fazer para provar a louca verdade dos fantasmas? Quem acreditaria em acusações de fantasmas? Tiago? Oh, na certa ele diria "sim", para provar seu afeto. E isso não serviria para nada. Para que serve o amor? O amor só serve para amar. Para mais nada.

– Me abrace, Tiago...

Delicadamente, o rapaz envolveu a menina num abraço fofo, sem exigências.

– Eu sabia! Você não está louca, está desesperada! Sozinha, seu desespero só aumentará, Telmah. Divida o seu desespero. Divida comigo. Dois desesperados, juntos, formam uma esperança...

Telmah levantou o rosto para o rapaz. Ela sorria. Pela primeira vez naquelas semanas, ela sorria como sempre sorrira. Não havia loucura nem desespero naquele sorriso. Só havia paixão. E confiança.

– Está vendo, Tiago? Minha loucura pega. Agora é você que está fazendo loucas filosofias!

Tiago viu que o gelo fora rompido. Havia sangue quente por baixo dele.

Os dois riram, abertamente. O rapaz baixou o rosto, procurando os lábios de Telmah.

A garota recuou, falando seriamente:

– Não me beije, Tiago. Me ajude a sair daqui!

Telmah abriu-se, tudo falou, e Tiago tudo ouviu calado. Não veio com aquele sorrisinho superior, compadecido, como Telmah havia temido.

– Você espera que eu acredite em tudo isso, Telmah? Que existem mesmo espíritos que se metem dentro de copos e ficam a passear pelas mesas, trazendo estranhas mensagens do além? Ou você espera que eu diga que tudo isso não passa de uma alucinação, devido à tristeza pela morte da sua mãe?

Telmah estava sentada na grama, diante do rapaz. Baixou os olhos, sem querer encará-lo.

– Eu disse que você não iria acreditar...

– Eu não disse que não acredito.

– E também não disse que acredita. Está vendo? Quando eu pareço louca? Quando me finjo de louca ou quando digo que estou lúcida? Qual Telmah você prefere? A maluquinha filosófica ou a doidinha espírita?

– As duas são iguais. As duas são a mesma Telmah: assustada e desesperada.

A garota pegou a mão de Tiago e apertou a palma contra a própria boca, como se agradecesse. A mesma mão deslizou por seu rosto, segurou-lhe a nuca e puxou-a, delicada mas firmemente. A menina encostou o rosto no peito do rapaz.

– É essa Telmah que eu quero... – completou Tiago.

Por um longo momento, desligaram-se do mundo. Sentados lado a lado, enroscados como um monograma de enxoval, Tiago mergulhou o rosto nos cabelos de Telmah, e ela sentiu o pulsar do coração do namorado como um contrabaixo marcando o ritmo de uma orquestra. Sentia-se quentinha, confortada... Uma gata em almofada de veludo.

A voz quente de Tiago despertou-a do sonho em que mergulhara:

– Você disse que Rosa e Gilda já tinham ido para seus quartos e que Kika dormia na sua cama. Então você não tem nenhuma testemunha da revelação do copo...

– Só Filhinha...

– Que sacudiu o rabo quando o copo começou a andar?

– Como se tivesse reconhecido mamãe...

– E é *nisso* que você quer que eu acredite?

– Não dá para acreditar, não é, Tiago?

O rapaz calou-se por um instante e pareceu absorvido pelas palhas da grama ressecada pelo frio. Telmah nada mais disse. Não havia como comprovar o que contara. Era acreditar ou não.

Tiago rompeu o silêncio, como se adivinhasse o pensamento da namorada.

– Está bem. Não importa se eu acredito ou não em você. Não há o que discutir. Vamos *provar* suas suspeitas. Só assim saberemos se você está certa ou não.

Telmah sorriu desanimada.

– Grande escolha... Ou eu estou certa e meu pai é um assassino, ou estou errada e sou louca. Seja qual for a resposta, alguém ficará internado por muito tempo. Ou será meu pai, na cadeia, ou serei eu, neste hospício...

Tiago tocou a ponta do queixo de Telmah e levantou delicadamente o rosto da menina em sua direção.

– Vamos tentar. Se você estiver errada, seremos dois os loucos.

09

TEM ALGUÉM COMIGO

Na segunda-feira, o psiquiatra de plantão ouviu satisfeito o relatório da laborterapeuta da clínica. Aquela menina, que durante quatro semanas permanecera alheia a tudo, recusando-se a participar de qualquer das atividades programadas, tinha começado o dia de maneira diferente.

Fora a primeira a apresentar-se na oficina de trabalhos manuais. Alegre e comunicativa, insistira em aprender a receita de papel machê e atirara-se ao trabalho. Tinha até exercido uma boa influência sobre outra paciente, uma mulher que só trazia problemas, mas que agora aceitara trabalhar na oficina, imitando a jovem companheira.

O psiquiatra, um jovem plantonista, tinha razão em estar satisfeito. As duas não eram suas pacientes diretas, mas, quando havia problemas com alguma delas, ou quando qualquer delas se recusava às atividades ocupacionais, era ele quem recebia as repreensões. Aquela era uma clínica particular, uma empresa. As ricas famílias dos internos tinham de ficar satisfeitas com os resultados. E, para elas, bons resultados era ver seus entes queridos fabricando bugigangas. Mansos e comportados. Sem pensar. Ninguém quer saber o que pensam os loucos.

+ + +

– Esta massa para as cabeças dos fantoches se faz com papel higiênico. Vamos picar bem o papel e deixar de molho no balde com água, até ficar tudo bem empapado. Vamos, meninas!

Quanto mais inferior a qualidade do papel higiênico, melhor, dissera a orientadora de trabalhos manuais.

Primeiro, tinha sido preciso picar dois rolos inteiros em pedacinhos minúsculos. O melhor seria ralar o papel, desfazê-lo em pó. Mas Telmah não tinha tempo a perder. Para a execução do plano que ela e Tiago tinham combinado, os bonecos não precisavam ficar perfeitos.

– Agora, meninas, vamos tirar o papel de dentro do balde e espremer o máximo possível.

Telmah trabalhava depressa. A seu lado, dona Borboleta imitava seus gestos, obediente. Telmah não conseguia pensar na pobre mulher sem compará-la a uma borboleta. Já era idosa e percorria os corredores da ala feminina esvoaçando, sorridente, em sua louca magreza. Como uma borboleta recém-saída do casulo.

Do outro lado de Telmah, dona Wilma, uma gorda desligadíssima do mundo, mexia nos apetrechos como se não ouvisse as explicações da orientadora.

– Viram, meninas? Temos vários bolos espremidos de papel molhado. Parecem croquetes, não é? Agora vamos desfazer os croquetes. Assim...

– Já estou indo, senhora! Já estou indo! Ah, ah, ah! – respondia alegremente dona Borboleta, atirando-se ao trabalho com afinco.

Telmah percebera que a mulher tinha um tipo manso de loucura. Era humilde em sua alienação, sempre pronta a obedecer a todas as ordens, por mais malucas que fossem. Muitas vezes, fora punida apenas por cumprir uma loucura que não inventara, mas que fora sugerida por alguma companheira. Já que era assim, Telmah concluiu que dona Borboleta poderia ajudá-la.

– Todas terminaram? Vejam. Temos agora bastante farelinho de papel molhado. Podemos começar a fazer a massa. O próximo passo é fácil. Vamos fazer uma cola de farinha de trigo e água, como um mingau bem grosso. Vamos lá! Já separei duzentos e cinquenta gramas de farinha de trigo para cada uma. Peguem as panelinhas. Dona Wilma! Não coma a farinha, por favor!

Dona Wilma parecia não ouvir. Em compensação, dona Borboleta respondia, como se tudo estivesse sendo dito para ela.

– Já estou indo, senhora!

De acordo com os planos que a menina havia traçado com Tiago, os bonecos tinham de ficar prontos até o final da semana, e dona Borboleta era jeitosa. Poderia ser útil, porque Telmah era desajeitada. Foi só ordenar à pobre que a ajudasse com os fantoches para ser imediatamente obedecida. Assim, pelo menos, dona Borboleta passaria um bom tempo sem ser punida por atitudes malucas alheias à sua vontade. Seria bom para as duas. A mulher faria dois bonecos e Telmah faria os outros dois.

– Dona Wilma! Não é para experimentar o mingau! A senhora vai se queimar, dona Wilma!

– Já estou indo, senhora! Já estou indo! – repetia monotonamente dona Borboleta, enquanto dona Wilma vinha mexer no seu mingau quase pronto.

Dona Borboleta, a velha louca, devia ter sido boa cozinheira, mas Telmah não sabia nem fritar um ovo. Dona Borboleta ajudou-a com a cola de farinha de trigo. Dona Wilma queimou seu mingau.

– Cada uma de vocês tem um pacotinho com cem gramas de alvaiade. É esse pozinho branco. E essa garrafinha aí contém goma arábica. Tudo pronto? Vamos misturar a massa nas bacias. Todo mundo tem a bacia de plástico?

Telmah atendia a todas as instruções. Dava um pouco de nojo, no início. Com as mãos, misturou os farelos de papel molhado com a cola de farinha, ainda um pouco quente. Quando a massa ficava meio seca, era só juntar goma arábica. Se ficasse muito líquida, muito mole, era só misturar um pouco de alvaiade. Quando ficava mole demais, era porque havia pouco farelo de papel molhado.

"Tudo tão simples!", pensava Telmah. "Seria bom se eu pudesse moldar minha vida assim... Seria bom se eu pudesse saber o que falta para a perfeição, a ponto de poder acrescentar, aos poucos, aquilo que faltasse. O que falta para provar que o meu fantasma está certo? Como seria bom se ele estivesse errado!"

Seus dedos mergulharam na massa, como os de uma cozinheira ao preparar massa de torta. Sentiu uma coceira no nariz.

"Por que o nariz sempre coça quando a gente está com as mãos ocupadas?"

– Melequenta essa massa, não é, meninas? Mas não se preocupem. Misturem bem. Aos poucos, vai ficando mais uniforme. Quando desgrudar das mãos, já estará pronta. Dona Wilma! Não coma a massa, isso vai lhe fazer mal!

– Já estou indo! Me espere! Já estou indo!

No final, foi só juntar uma pitada de pó de ácido bórico, para não dar bicho nos bonecos depois de prontos.

"Para não dar bicho na cabeça do boneco", sorriu Telmah, por dentro. "Aqui, todas as cabeças já estão bichadas..."

– Tem gente que usa vinagre em vez de ácido bórico, mas a massa fica muito fedida, meninas.

A massa estava pronta. Dona Borboleta trabalhava com alegria, como se aquela fosse sua profissão.

– Deixem a massa de lado por um momento. Vamos preparar a fôrma do boneco. Peguem seus pedaços de pano. Devem ser mais ou menos do tamanho de um lenço de bolso, como este. Vamos fazer uma bola com esta serragem, aqui, deste barrilzinho. Estão vendo? Uma bola bem apertada. Ajustem e amarrem bem firme o lenço nesta madeirinha roliça. O certo é ficar parecido com uma baqueta de bumbo. Cada uma de vocês tem uma garrafa vazia. É para equilibrar a fôrma, assim, enfiando a madeirinha na garrafa, com a bola de pano para cima.

– Já estou indo!

Naquela altura, dona Borboleta adiantara-se a Telmah. Executava o que a orientadora indicava, sem ligar para o que a menina estava fazendo. Cobriu a fôrma de pano com a massa e começou a modelar uma carinha.

– Por que está chorando, dona Wilma? A senhora está indo muito bem...

Já era hora do jantar e as atividades da oficina tinham chegado ao fim naquele dia. O boneco de Telmah era uma carantonha bem sem jeito, mas, depois de pintada, com um bigode, poderia passar perfeitamente por uma caricatura do doutor Poloni.

Dona Borboleta já tinha terminado as duas cabeças de mulher. Estavam lindas.

"Essa pobre alienada poderia ser uma artista, se não fosse louca. Mas, se não fosse louca, seria ela uma artista?"

– Vamos parar por hoje, meninas. Afinal de contas, para ficar bem seca e ser pintada, a massa leva sete dias, mais ou menos...

Sete dias! Telmah não tinha todo esse tempo. O plano estava marcado para domingo de manhã. E agora?

A orientadora de trabalhos manuais pareceu adivinhar o pânico da menina:

– Quem não tiver paciência para esperar pode apressar a secagem da massa colocando os bonecos em forno quente, já apagado, por algumas horas. Mas aí a massa fica ruim, quebra-se como biscoito. Vai durar muito pouco...

Que alívio! O forno resolvia o problema. Telmah não precisava que os bonecos durassem muito. Só algumas horas. Só para *um* espetáculo.

– Já estou indo! – repetia dona Borboleta, irritando todos, mas feliz com o trabalho que executava.

Telmah conseguiu autorização para levar o resto do material para o quarto e terminar o boneco depois do jantar. Tinha muito tempo, mas não queria arriscar.

– Oh, dona Wilma! Por que jogou seu boneco no chão?

✚ ✚ ✚

Cuidadosamente, Telmah puxou a madeirinha, e a serragem da fôrma saiu facilmente pelo orifício do pescoço dos bonecos que ela e dona Borboleta tinham feito. Os quatro fantoches estavam secos, pois a menina conseguira que a orientadora os deixasse por algumas horas dentro do forno, na cozinha da clínica.

– Cabeças ocas! – sorriu Telmah para dona Borboleta, referindo-se aos bonecos e às suas colegas de sanatório.

– Já estou indo, mamãe...

A menina estava fascinada com o próprio trabalho. Sem a serragem e sem o paninho que servira como fôrma, a cabeça ficara leve, fácil de manipular.

Nos dias que se seguiram, as internas aprenderam a fazer as roupinhas dos bonecos. No final dos pescoços de papel machê, tinham deixado um rebordo que seguraria as roupinhas. Fizeram vestidos, terninhos e chapéus com retalhos, roupas do tamanho de uma mão, como uma luva muito larga. Os braços seriam os dedos médio e polegar. O anular e o mínimo ficavam fechados contra a palma da mão, enquanto o indicador, levantado, sustentava o boneco, enfiado no orifício do pescocinho, por onde saíra a serragem da fôrma.

Telmah espetou o dedo várias vezes tentando costurar. Dona Borboleta teve de terminar as roupinhas dos fantoches.

Só os quatro bonecos de Telmah e dona Borboleta estavam prontos para receber pintura. A pintura dos outros ficaria para a próxima semana, quando todas as cabeças estivessem secas.

– Já estou indo, mamãe! Não brigue comigo, mamãe! – pedia a velha dona Borboleta para uma mãe que já devia estar morta há muito tempo.

Telmah olhava com pena para a velha louca que tanto a ajudava. A loucura da mulher devia ter algo a ver com a morte de sua mãe. Já devia ser uma velha loucura.

“Vai ver, a morte das mães enlouquece as pessoas!”, pensou Telmah. “Será que eu estarei assim daqui a alguns anos? Será que a mãe da dona Borboleta também foi assassinada? Será que apareceu dentro de um copo? Será que dona Borboleta teve de se vingar do próprio pai? Será por isso que ficou louca?”

Mesmo sem o auxílio da orientadora de trabalhos manuais, Telmah e dona Borboleta pintaram os fantoches: duas mulheres e dois homens. As mulheres, modeladas e pintadas por dona Borboleta com tinta guache, estavam perfeitas. Os homens, trabalho de Telmah, estavam grotescos. Mas serviriam. Ah, sim! Serviriam, sem dúvida nenhuma!

Mais uma vez Telmah fingira tomar os medicamentos da noite. Escondera os comprimidos debaixo da língua e depois cuspira tudo na pia. Mas, mesmo sem calmantes, o sono já tomava conta dela.

Olhou embevecida, quase envaidecida, para os quatro bonecos, com suas caretas cômicas, enquanto os colocava cuidadosamente em uma sacola. Pareciam aquelas cabeças encolhidas pelos selvagens, como já tinha visto em uma enciclopédia. Mas, para ela, estavam lindas. Eram a única bagagem que levaria dali, no dia seguinte, o domingo de visitas.

– Acho que é a primeira vez que eu faço alguma coisa assim, com as minhas mãos... – comentou Telmah para si mesma, quase esquecida do trabalho de dona Borboleta.

Apagou a luz e deitou-se. Aquela era uma clínica cara, para loucos de família rica, e havia um quarto para cada interna. Mas, naquela noite, Telmah não se sentia só.

– Tem alguém comigo...

10 FUGINDO DO INFERNO

Faltavam quinze para as seis e o sol espreguiçava-se, começando a produzir mais uma das manhãs geladas daquele fim de inverno.

Telmah vestiu-se em silêncio. Precisava agir depressa. Na cozinha, o café da manhã já devia estar sendo preparado. Em uma hora, o mais tardar, descobririam seu desaparecimento. Mas, dali a uma hora, Telmah esperava já estar bem longe.

O prédio da clínica era térreo. Sem nenhum ruído, ela abriu a janela e pulou para fora. O orvalho gelado que recobria as plantas refletia o sol nascente como se uma infinidade de pequenos diamantes adornasse todo o jardim. Telmah correu entre as moitas, em direção ao muro que separava as alas feminina e masculina da clínica.

O muro era alto, e Telmah não era nenhuma atleta, mas ela e Tiago, no domingo anterior, tinham descoberto uma árvore cujos galhos serviriam de escada.

Começava a subir quando uma risada seca, atrás de si, fez com que ela sentisse, por dentro, o frio que a enregelava por fora.

Era Monga!

A voz era ainda mais seca que a risada:

– Está brincando de macaco, Telmah?

A menina ficou paralisada:

– Eu... eu...

– Ah! – riu-se Monga, demonstrando um prazer conhecido por todas as internas quando alguém estava prestes a sofrer na "sala de tortura". – Eu bem que estava ansiosa pela hora de deitar as mãos em você, queridinha! Sempre quieta, pelos cantos, sem conversar com ninguém... Eu sabia que você só estava esperando uma oportunidade para aprontar. Você só não sabia que esta era a oportunidade que "eu também" estava esperando! Vamos! Desça daí!

Antes que Telmah pudesse pensar, as duas ouviram uma gargalhada atrás das moitas:

– Ha, ha, ha! Já estou indo! Já estou indo!

Monga virou-se na direção da gargalhada.

– O quê? Mais uma? Então você convidou a velha louca para acompanhá-la em seu passeio? Oh, oh! Vamos ter dose dupla, hoje!

Avançou para a moita de onde viera a gargalhada. No mesmo instante, porém, a voz gritou do lado oposto, por trás da enfermeira-chefe:

– Já vou, mamãe! Já estou indo!

Monga girou sobre si mesma e investiu naquela direção.

– Demônios! Onde está você, sua velha maluca?

– Já estou indo, mãe! Já estou indo! Ha, ha, ha!

Dessa vez, a gargalhada soara novamente às costas de Monga. Mais distante, porém.

– Que brincadeira é essa? Já te pego, desgraçada!

Embarafustou-se por entre as moitas, mas a voz gritou distante, vinda do outro lado:

– Já estou indo...

– Que raio de velha espertinha é essa?

Perseguindo as risadas, cada vez mais distantes, vindas sempre de diferentes lugares, a enfermeira-chefe, atrapalhada, distanciou-se do muro.

Telmah aproveitou a distração da carcereira.

– Vai ver é um truque de espelhos, Monga...

Com uma agilidade que desconhecia em si mesma, a menina alcançou o galho mais alto, agarrou-se em cima do muro e pulou para o outro lado.

+ + +

O jardim, na ala masculina, era praticamente uma cópia do jardim da ala das mulheres. Telmah nunca estivera lá, mas seria fácil adivinhar para que lado estava o portão de saída.

Agora, precisava apressar-se. Quanto tempo Monga levaria para comunicar sua invasão na ala dos homens? Quanto tempo ela levaria para encontrar... Encontrar quem? Como a velha dona Borboleta tinha podido deslocar-se por todo o jardim, distraindo a perseguidora de Telmah sempre em diferentes lugares?

"Que coisa mais estranha! Parece até coisa de... de fantasma? Será que..."

Não pôde continuar o raciocínio. Em sua frente, um homem barrava-lhe o caminho:

– Quem é você? Você veio do céu?

Um sorriso nojento estava estampado no rosto do homem. Os cabelos revoltos, os olhos arregalados, um fio de baba grossa escorrendo pelo canto da boca. Um interno da ala masculina!

– Do céu! O céu mandou você pra mim!

Cambaleou na direção da menina.

– Vou te contar um segredo, presente do céu... Sabe quem eu sou? Sou um anjo! Um anjo! O céu mandou você de presente para o seu anjo! Um anjo não pode ficar sozinho... Venha... Venha para o seu anjo!

Encurralada contra o muro, Telmah não tinha como fugir. O homem parecia forte. Além do mais, havia a loucura para aumentar-lhe a força. Ele avançava lentamente, arrastando os pés na grama. A boca escancarada fazia aumentar a quantidade de baba escorrendo. Apesar da boca aberta, ele respirava pelo nariz, fazendo um ruído sibilante na entrada do ar pelas narinas e uma espécie de ronco na saída do ar pela boca. O ritmo dessa respiração assustadora aumentava à medida que crescia sua excitação. O louco começou a abrir o zíper da calça, sem deter seu avanço lento, arrastado, feito o andar de um morto-vivo.

– Vem cá... Vem para o seu anjo...

A mão direita entrava pela braguilha, enquanto a esquerda estendia-se para Telmah, quase encostando em seu rosto.

Nesse momento, o louco se deteve e, como se alguém tivesse tocado em seu ombro, voltou a cabeça para trás:

– Hein? O que quer?

Girou totalmente o corpo.

– Eu... eu... não estava fazendo nada... eu...

Encolheu-se todo, como uma criança apanhada com a mão no pote de doce, antes do almoço.

– Não fiz nada! Não me bata! Não me ponha de castigo!

Encolhido, foi descendo o corpo, até cair de joelhos sobre a grama, clamando por piedade para alguém que só existia na sua imaginação.

– Não! Misericórdia! Não!

Telmah viu-se salva pela alucinação do atacante e correu através do jardim.

Ao chegar a uma alameda que parecia ser a principal, começou a andar normalmente em direção ao portão.

O plano agora *tinha* de dar certo. Ela deveria chegar ao portão e dirigir-se ao empregado que, naquela hora, começava o seu turno, em substituição ao guarda da noite. Com sua sacolinha na mão, deveria queixar-se de que a casa principal ainda estava fechada e que queria visitar seu irmão. Devia fazer com que o guarda pensasse que ela era uma visita de algum dos internos. Uma visita que tinha entrado por desleixo do porteiro da noite, pois aquela não era ainda a hora de visitas. Se tudo desse certo, ela sairia tranquilamente, como saem todas as visitas.

Mas não houve tempo para pôr o plano em prática.

– Segure essa daí! É uma interna da ala feminina!

De longe, uma voz forte tentava chamar a atenção do porteiro. Telmah virou-se rapidamente. Um grandalhão surgia na outra extremidade da longa alameda e corria em direção a ela. Devia ser o gorila da ala masculina. O equivalente à Monga.

O que fazer? A menina estava entre o porteiro e o grandalhão, que corria, ansioso por colocar as mãos sobre ela. O que fazer?

Naquele instante, a corrida pesadona do grandalhão foi interrompida. Como se alguém lhe tivesse passado uma rasteira, o gorilão caiu para a frente como uma tábua!

O porteiro não entendeu exatamente o que estava acontecendo. Ao ver o homenzarrão cair, correu em sua direção.

– Seu Antenor? O que houve?

O tal Antenor levantou-se com dificuldade, tentando retomar a carreira. Inexplicavelmente, porém, tropeçou no ar e tornou a cair, desajeitadamente. Estaria bêbado? Àquela hora da manhã?

Telmah olhava com desespero para o porteiro, que corria em socorro de Antenor. Dava para ouvir, nitidamente, o tilintar das chaves do portão, penduradas na cintura dele. Como sair dali? Não havia jeito. Ela seria apanhada e já podia antever seu destino, fechada na "sala de tortura", nas mãos de Monga!

Um "clique" atrás de si chamou sua atenção. O portão abriu-se como por encanto, com um rangido de ferrugem!

Sem perder um segundo, Telmah desapareceu da clínica.

Tiago esperava, com o carro do pai, na esquina combinada. O motor estava ligado, e o carro saiu numa arrancada, assim que a menina embarcou.

O rapaz corria o máximo que o carro podia, em direção à casa de Telmah. Àquela hora, todos já deveriam ter sido avisados por telefone da fuga da menina. Mas na certa não esperavam que ela fosse imediatamente para lá. O fator surpresa! Uma pequena vantagem, mas já era alguma coisa. Se tudo desse certo, Telmah não voltaria mais para a clínica.

Estavam ansiosos demais para falar. Só não era possível deixar de pensar no assunto: por mais hipóteses que formulasse, Telmah não conseguia encontrar respostas satisfatórias para tudo o que acabara de acontecer.

"Quase caí nas mãos daquele louco babante! Minha sorte foi a loucura dele... Vai ver ele imaginou alguém que o impediu de fazer o que queria. Como um censor, um fiscal. Certamente essa é a loucura dele, a razão pela qual está internado. Mas e a Monga? Será que ela também é louca? Será que imaginou que ouvia dona Borboleta gritar por todos os cantos do jardim? Mas e eu? Também imaginei? Como podem duas pessoas, ao mesmo tempo, ter a mesma alucinação? E o grandalhão, o tal de Antenor? Como pôde tropeçar no ar? Parecia um palhaço de circo que tropeça nas próprias pernas! E como o portão pôde se abrir, como por encanto? Será que estou mesmo louca? Ou será que..."

– Em que você está pensando, Telmah?

- Estou pensando em fantasmas, Tiago. Ou talvez em apenas um fantasma em particular. Uma espécie de fantasma salva-vidas...

– Você está mesmo acreditando nessa história de fantasmas, não é, Telmah?

– Nem sei no que acreditar, Tiago...

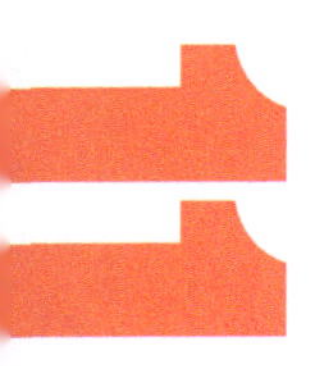

ADEUS, FILHINHA...

– Tem certeza de que está tudo bem, Telmah? Você está preparada?

– Como nunca estive antes em toda a minha vida, Tiago. Tenho de provar que não foi ele. Não pode ter sido papai, Tiago, não pode.

O carro estava estacionado a uns cem metros da casa de Telmah. A menina desceu com a sacola dos bonecos e fechou a porta, com cuidado.

– Não se esqueça – rememorou Tiago. – Espere uma meia hora antes de começar sua cena. Eu voltarei em seguida com o...

– Com o seu "tio". Você é que não deve se esquecer.

Tiago engatou a marcha e o carro partiu.

+ + +

Telmah caminhou sem pressa para o casarão. A manhã ainda estava fria, mas não era um frio úmido. Telmah entrou no jardim com a sacola de bonecos no colo, como se carregasse quatro bebês.

– Meia hora... ainda tenho meia hora...

Ouviu um ruído e pensou em esconder-se.

A poucos metros, um velho cavava um buraco no jardim com uma enxada. Parecia falar consigo mesmo, enquanto trabalhava. A seu lado havia um caixote.

Ela nunca tinha visto aquele velho antes. Pelo jeito, ele devia ser o novo jardineiro, recém-contratado. Telmah resolveu aproximar-se.

– Bom dia...

O velho parou de cavar por um instante e olhou para a menina com um misto de cordialidade e gozação.

– Bom dia, olá, qualquer coisa. Já disse "bom dia" muitas vezes na vida, para muitas pessoas. Mas nunca soube se isso serviu para mudar qualquer dia de qualquer pessoa. O que tem de ser bom será bom. O que tem de ser ruim será ruim. Não há nada que a gente possa fazer para melhorar o dia.

Telmah sorriu. Teria sido bom encontrar aquele velho em qualquer outra manhã. Qualquer uma que não fosse aquela, em que Telmah deveria mudar seu próprio destino. E de mais alguém... De qualquer forma, se ela tinha de gastar meia hora de alguma maneira, talvez aquele velho pudesse ajudar.

– O senhor é o novo jardineiro?

– Novo? – riu-se o velho, voltando a cavar. – Acho que eu não sou mais nada "novo"... Sou velho em tudo. Mas, se você quer saber se faz pouco tempo que eu trabalho nesta casa, isso eu posso responder. É verdade. Faz pouco tempo que estou neste emprego. Parece ser um bom emprego. Muita planta pra cuidar, como o meu reumatismo. Muita grama pra aparar, como a minha barba. Muita formiga pra matar, como a minha fome. Comecei a trabalhar nesta casa um dia depois que a loucura deixou de morar aqui...

O velho falava de uma maneira estranha. Era inculto, mas não ignorante. Telmah notou que o homem não frequentara escola, mas não passara de olhos fechados pela vida.

– A loucura?

– Pois não sabe? Aqui morava uma garota louca. Foi para um hospício, para ficar curada. Mas, se não ficar, isso não tem nenhuma importância.

– Por quê?

– Porque lá todos são loucos. Ninguém vai notar a diferença.

Louca! Todo mundo agora sabia que Telmah tinha ficado louca. Até os velhos novos empregados.

– Sabe me dizer por que essa menina ficou louca?

– Porque perdeu o juízo, ora!

– Mas como ela perdeu o juízo?

– Como se perdem as coisas? De muitas maneiras. Eu perdi minha mãe quando era pequeno. Terá sido por distração? Você está perdendo tempo falando comigo. Será por falta de outra coisa melhor para fazer? Meu neto perdeu o ano no grupo escolar. Terá sido por burrice? Meu genro perdeu o emprego. Terá sido por infelicidade? Então, por que alguém perde o juízo? Por distração, por burrice, por infelicidade ou por falta de algo melhor para fazer? Só se pode ficar sabendo se o louco nos contar. Mas quem presta atenção ao que os loucos nos contam?

O velho era divertido. Parece que sabia que era divertido. Não sabia, porém, que daria um ótimo advogado, se tivesse nascido de família rica.

– O senhor é um jardineiro diferente...

– Não neste momento. Só sou jardineiro quando cuido do jardim. Neste momento, sou um construtor.

– O senhor também é pedreiro?

– Não. Mas o que eu estou construindo é mais durável do que qualquer coisa que um pedreiro jamais poderá construir.

– Mais durável?

– Não adivinha? Então eu explico. Quando lhe perguntarem quem é capaz de fazer uma construção mais sólida e mais durável do que um pedreiro, é só responder: o coveiro. As moradas que o coveiro constrói são feitas para durar eternamente! Está vendo como era fácil adivinhar?

Telmah não entendeu:

– Mas como? O senhor está...

– Estou abrindo uma cova.

– Tão pequena? O que o senhor pretende enterrar nela?

– Este caixote.

Naquele instante, Telmah sentiu o gosto da tragédia. Quis perguntar o que havia no caixote, mas sua garganta se fechou, como se alguém a estrangulasse.

– Não há nenhuma riqueza neste caixote, menina. Se houvesse, eu seria um pirata, enterrando um tesouro, e não um coveiro. O que há neste caixote não vale nada. É só uma velha cachorrinha. Dizem que morreu de fome. Era muito ligada à tal louquinha que levaram daqui. Sabe como são os cachorros, não é? Recusam-se a comer quando perdem os donos e acabam morrendo. A cachorrinha não morreu de fome. Morreu de saudade...

A sacola que guardava os fantoches escorregou da mão de Telmah.

✚ ✚ ✚

✚ ✚ ✚

Telmah e o velho jardineiro não estavam sozinhos naquele canto de jardim. Atrás de uma moita espessa, uma sombra agachada parecia interessada na conversa.

✚ ✚ ✚

A enxada fez um ruído diferente ao bater mais uma vez na terra.

– Veja o que temos aqui, menina. Uma pedra. Das grandes. Tenho de desenterrar a pedra para enterrar a cachorra. Foi preciso que morresse uma cachorra para que esta pedra viesse conhecer o sol. É sempre assim. Para que haja um nascimento, é necessário que haja uma morte. Ou talvez seja o contrário: para cada morte, existe um nascimento...

Cravou a enxada na grama e coçou a cabeça.

– Preciso de uma alavanca. Uma alavanca, para fazer nascer a pedra.

Afastou-se com um passo arrastado, resmungando. O velho não sabia parar de falar, mesmo que fosse consigo mesmo.

Telmah ajoelhou-se na grama e caiu abraçada sobre o caixote.

– Ah, pobre Filhinha! Você me acompanhou a vida toda, desde que eu me entendo por gente. Viveu mais do que a idade normal dos cachorros, só para não me deixar sozinha. Você dedicou sua vida a mim. E morreu com a minha loucura. Quantas vezes você correu por esta grama, atrás de mim... Quantas vezes você me lambeu a mão, como se tentasse aprender a beijar... Ai, nunca mais vou ouvir seu latido... Não tenho mais os seus pelos para acariciar... Como não tenho mais a minha mãe para acariciar a mim... Tantos mortos à minha volta, Filhinha... Tantos mortos... Sabe, Filhinha? Dentro da gente tem uma porção de caixinhas. Uma para cada ser amado. A caixinha onde você morava agora está vazia. Assim como a caixinha onde morava mamãe... Nunca mais poderei preencher essas caixinhas vazias... Posso arranjar uma nova cachorrinha, mas nunca poderei substituir você. Quando todas as minhas caixinhas estiverem vazias, não terei mais razão para viver. E, quando eu morrer, morrerá comigo a lembrança de uma cachorra chamada Filhinha. Então, para que você viveu? Para que eu vivo? Quando eu morrer, ninguém mais saberá que eu existi, depois de alguns anos. Então, para que nascer? Para que viver? Só para ter, um dia, de morrer?

Não teve coragem de abrir o pequeno caixão. Um caixote, onde estava escrito "Manzanas especiales, Republica Argentina".

– Você foi especial, Filhinha. Acho que este caixão é adequado para você. Você não será enterrada por um coveiro. Os coveiros só servem aos homens, não aos animais. Você vai ser enterrada por um jardineiro, neste lindo jardim. O seu funeral será como uma semeadura, de onde você brotará de novo nas flores, no perfume, nos espinhos... Quando eu tocar na casca de uma árvore, será em você que estarei tocando. Quando eu ouvir o murmúrio do vento nas folhas, será o seu ganido que estarei ouvindo. Você vai reviver, de volta à natureza, que me deu você. Adeus, minha amiga. Eu matei você com a minha loucura. Adeus, cachorrinha. Para mim você foi muito mais que muita gente... Adeus, Filhinha...

Pegou a sacola com os fantoches.

- Minha vingança começa mal. Começa matando inocentes - levantou-se, decidida. - Aí está. Agora tenho *duas* mortes a vingar.

+ + +

Por trás dos arbustos, a sombra moveu-se e afastou-se dali, silenciosamente.

+ + +

O velho jardineiro saiu, com a alavanca, do pequeno depósito onde eram guardadas as ferramentas, sempre resmungando.

Silenciosamente, alguém entrou pela porta deixada aberta e dirigiu-se às prateleiras altas, onde havia vários frascos, todos com uma caveira desenhada no rótulo. Com o indicador, percorreu os frascos: herbicida, fungicida, formicida, raticida...

Escolheu um. Com cuidado, recolheu algumas gotas em uma tampinha de plástico.

A MORTE DA FADA-MÃE

Cláudio estava arrasado com a notícia, por mais que o doutor Poloni tentasse confortá-lo. A fuga da filha tinha sido demais para ele.

– Para onde ela pode ter ido, Poloni? O que pode estar passando pela cabecinha dela? Eu esperava que a internação pudesse ajudá-la, mas...

– Coragem, Cláudio. Já notificamos a polícia. A esta hora as viaturas já receberam a descrição de Telmah. Ela será encontrada quando você menos esperar. Tenha confiança!

– O mundo está desabando em volta de mim, Poloni. Há três meses, tudo eram flores. Uma esposa dedicada, uma filha carinhosa, meu escritório de advocacia indo de vento em popa... E agora, tão de repente... o que me resta?

Poloni ia continuar com seus panos quentes, quando Alice entrou, trazendo uma bandeja com quatro taças servidas com vinho branco.

– Ora, Alice – disse Poloni. – Não precisava se incomodar! Afinal de contas, é muito cedo para...

– Para uma surpresa? – interrompeu Alice com um sorriso indecifrável. – Isto não é um aperitivo, doutor Poloni. É um brinde pela volta de Telmah à casa de onde ela nunca deveria ter saído...

Cláudio não entendeu:

– A volta de Telmah? O que você está dizendo, Alice?

Alice sorriu:

– Olhe para trás, Cláudio...

Sentado na ponta da poltrona, Cláudio girou o corpo para onde apontavam os olhos de Alice. As largas portas envidraçadas do terraço estavam abertas. Emoldurada em seus batentes, destacava-se a figura imóvel de Telmah. Mas era uma outra Telmah. Um sorriso ingênuo nos lábios, os cabelos cobertos com pequenas margaridas e violetas, e com um boneco enfiado em cada uma de suas mãos levantadas à altura dos ombros, ao lado de seu rosto.

– Telmah! Você voltou, minha filha!

Telmah respondeu com uma voz fininha, de falsete, enquanto movimentava a mão direita, na qual estava calçado o boneco-mulher.

– Telmah não pôde vir, doutor Cláudio. Mas nós viemos aqui para falar dela...

A menina avançou até o centro da sala. Seus olhos não se fixavam em nenhum dos três, mas passeavam por todos os cantos, enquanto seus lábios emitiam duas vozes diferentes, uma para cada boneco, e suas mãos movimentavam os fantoches, que faziam mesuras para todos os lados, como se cumprimentassem a plateia.

– Nós somos artistas – apresentou-se o boneco de bigode, com uma voz comicamente mais grossa.

– Viemos no lugar de Telmah, para divertir vocês... – acrescentou a voz mais fina do boneco-mulher, com longos cabelos castanhos, de lã desfiada.

– Telmah nos mandou contar uma história divertidíssima. Todo mundo vai gostar!

A menina alternava as vozes fina e grossa e movimentava um boneco de cada vez.

– Sabem? Ela está muito bem, lá no novo castelo onde mora...

– Ela virou fada, foi isso que ela virou... Aquele castelo está cheio de fadas! Telmah aprendeu muito com as fadas...

As lágrimas correram fartas pelo rosto de Cláudio.

– Telmah, minha filha... não...

Como uma agressão, os olhos dela fixaram-se no pai, e o boneco de bigode falou:

– Não chore, senhor, que o que trazemos é comédia!

– Mas trazemos também presentes! – rematou a voz fina do outro boneco.

Os "bracinhos" dos bonecos, compostos dos dedos médio e polegar de Telmah, pinçaram duas pequenas flores de seus cabelos. O boneco-mulher dirigiu-se a Cláudio:

– Aqui está. Para o senhor, uma violeta... É a flor da fidelidade. Mas é também a flor da tristeza, que devia morar em sua consciência...

O boneco-mulher voltou-se para Alice:

– Para a senhora! Aceite esta pequena margarida, o ovo frito dos jardins, a flor que finge ser flor...

Alice baixou os olhos. A margarida caiu sobre a bandeja que ela ainda segurava.

Um ruído na porta chamou a atenção de todos.

Lá estava Tiago, com uma expressão de espanto, acompanhado por um senhor sério, vestindo um terno surrado.

– Oh, desculpem... Eu não sabia que... Eu quis dar uma passada por aqui para saber notícias de Telmah. Não sabia que ela já estava em casa... Desculpem... este é meu tio. Ele ia mesmo para a cidade, então eu lhe pedi que me desse uma carona até aqui...

A menina voltou-se para os recém-chegados:

– Que bom! Agora temos mais dois para a plateia! Mas entrem, sentem-se! O espetáculo já vai começar!

O "tio" de Tiago entrou sem nenhuma cerimônia e sentou-se no meio do sofá, sem cumprimentar nem olhar para ninguém diretamente.

Telmah estendeu os braços para Tiago, cortando-lhe o caminho, e falou excitadamente, ora fino, ora grosso, misturando as vozes dos bonecos:

– Você não quer nos ajudar? Telmah aprendeu a trabalhar com a gente lá no castelo das fadas... Mas nós somos quatro e precisamos de quatro mãos para ficarmos juntos. Telmah fabricou cada um de nós, não estamos lindos? Ela aprendeu isso com as fadas... Bem, na verdade ela não fez tudo sozinha... Teve uma fada velha que ajudou um pouquinho...

Tiago olhou para Poloni, para Alice e para Cláudio, como se não soubesse o que fazer. Cláudio fez um gesto de cabeça, incentivando o rapaz.

Com a voz de falsete, Telmah exigiu:

– Um palco! Precisamos de um palco, garoto!

Tiago pegou a toalha da mesa de jantar e prendeu-a entre dois móveis, num canto da sala.

– Venha! – chamou a voz grossa do boneco-homem. – Vamos trabalhar, garoto!

Telmah correu para a porta e voltou com uma sacola, estendendo-a para Tiago. O rapaz tirou de lá mais dois bonecos.

– Venha! Venha! Venha!

Ela sumiu atrás da toalha estendida. Tiago acompanhou-a, calçando os fantoches nas mãos.

Alice colocou a bandeja sobre a mesa de centro e sentou-se junto de Cláudio, como a confortá-lo. O pai da garota não dizia palavra, com o desespero estampado no rosto. Poloni estendeu a mão e apertou-lhe o braço.

– Calma, Cláudio – sussurrou ele. – Não devemos contrariar a menina. Logo que ela se cansar dessa bobagem, telefono para o meu colega e ele virá para cá correndo. Confie em mim!

Afundado na poltrona, o “tio” de Tiago parecia não dar a mínima atenção para o espetáculo de fantoches. Sua atenção se concentrava na pequena plateia.

✚ ✚ ✚

Com o braço levantado, Telmah fez surgir, acima da toalha estendida, o fantoche de bigode:

– Reeeeeespeitááááável públicoooooo! A Companhia de Teatro das Fadas tem a honra de apresentar a fabulosa comédia "A morte da fada-mãe"! Não estranhem se a peça não tiver palavras. As ações falarão por si mesmas! Não tenham vergonha de rir nem de chorar. É para isso que serve o teatro. No teatro, nada é verdade. Nem a dor nem a alegria!

A peça teve início, sublinhada por um silêncio aterrador.

Os quatro bonecos, manipulados pelos dois jovens, agitavam-se numa ação estranha, em que o boneco-homem-sem-bigode e o boneco-mulher-castanha beijavam-se e abraçavam-se com efusão.

Um boneco-mulher-loira surgia a todo momento, curvava-se em cumprimentos e parecia aplaudir a paixão dos outros dois. Ouviam-se suspiros de amor e palavras incompreensíveis, mas cujo tom lembrava declarações de amor.

O boneco-homem-sem-bigode saiu de cena e as duas mulheres ficaram conversando sons enrolados, que se assemelhavam a uma conversa de comadres.

Em certo momento, o boneco-mulher-loira saiu e voltou em seguida com um copo de tamanho normal, mas enorme em comparação com os bonecos. Ofereceu o copo para o boneco-mulher-castanha e fez sons insistentes, convidando-a a beber. O boneco-mulher-castanha bebeu e imediatamente caiu para trás, "deitado" sobre a borda da toalha esticada que servia de palco.

O boneco-homem-sem-bigode voltou à cena, desesperado, acompanhado do boneco-homem-de-bigode. O boneco-homem-de-bigode pareceu examinar a mulher caída, ouvindo-lhe o coração. Levantou-se desolado, sacudindo a cabeça e constatando a morte.

O boneco-homem-sem-bigode pôs-se a chorar exageradamente, enquanto o boneco-mulher-loira procurava consolá-lo. Aos poucos, os dois bonecos ficam aos beijos, também exagerados.

– Ããããännn!

Algo como um uivo surdo interrompeu a apresentação.

O "tio" de Tiago, que não desgrudara os olhos dos outros três componentes da plateia, viu quando Alice se levantou, num repente, com os cabelos loiros em desalinho:

– Será que vocês não entendem? Era preciso que ela morresse!!

A toalha que tapava os corpos dos dois manipuladores dos fantoches caiu neste momento, revelando uma garota com uma expressão triunfante, diabólica!

A MORTE É SILÊNCIO...

Todos olhavam para Alice, a "tia" Alice, a melhor amiga da mãe de Telmah, a quase esposa de Cláudio. A mulher agora respirava sofregamente, com o olhar esgazeado, frenético, tresloucado, fuzilando o triunfo da adolescente que a tinha desmascarado.

Telmah estava imóvel, também respirando, excitada, com os braços caídos ao longo do corpo, os fantoches apontando para o chão, como dois frangos de pescoço quebrado.

Por um instante, as duas pareciam galos de briga afinando os esporões, eriçando as penas, levantando as cristas, prontos para o bote assassino, demolidor...

– Ela precisava morrer!

Telmah falou calma, dessa vez com a própria voz, sorrindo, sem tirar o olhar triunfante dos olhos desesperados de Alice:

– Respeitável público, terminou o espetáculo. Os atores esperam que todos tenham se divertido...

Havia ódio nos olhos de Alice.

– Pode parar com a encenação, Telmah. Pare com o fingimento. Pare com esses bonecos e com a sua loucura. Eu nunca acreditei nela, desde o primeiro momento. Pensa que a sua armadilha foi muito esperta, é? Você se julga um gênio, não? Mas a mim você nunca enganou. Você esperava o quê? Que eu acreditasse neste "tio" do seu namoradinho? Você me subestima, querida!

Voltou-se para o homem de terno surrado que a olhava calmamente.

– O senhor é um policial, não é? Estou presa, não estou?

– Acho que está sim, dona Alice... – respondeu friamente o policial.

Alice sacudiu a cabeça de um lado para o outro, como se quisesse afastar um pesadelo. Ninguém falou, até que ela se dirigiu a Cláudio, tomando-lhe carinhosamente o rosto nas mãos.

– O que eu fiz foi por amor, Cláudio. Você tem de acreditar nisso. Senão, tudo terá sido inútil...

– Alice, você...

– Eu adorava sua mulher, Cláudio. Ela nunca teve uma amiga mais dedicada, mais carinhosa, mais prestimosa do que eu, você sabe disso. Ela ia sofrer, Cláudio. Estava muito doente, não estava, doutor Poloni?

Poloni tinha os olhos arregalados, sem conseguir compreender direito tudo o que estava presenciando.

– Não, Alice! Era apenas o coração. Mas isso não quer dizer que...

Alice interrompeu, agressiva:

– Ora, o que sabem vocês, os médicos? O que sabem vocês, os homens? Como podem compreender o coração de uma mulher melhor do que outra mulher? Vocês não sabem nada! Nada!

Abaixou-se sobre a mesinha de centro e pegou duas taças de vinho branco. Caminhou até Telmah.

– Querida, não peço que me perdoe. E não pense que a censuro. Você deve me odiar, mas eu nunca a odiarei. Pegue, Telmah!

Estendeu uma das taças de vinho para a menina. Sem uma palavra, Telmah aceitou-a, segurando-a ainda com o boneco calçado na mão.

– Os antigos diziam que no vinho estava a verdade. E você foi uma garimpeira da verdade, menina. Procurou, insistiu, até desvendar o que queria desvendar. Eu admiro você por isso. Vamos fazer um brinde, Telmah. Não será o brinde do perdão, porque não espero que você me compreenda. Eu fiz simplesmente aquilo que tinha de ser feito. Eu poderia ter sido uma pessoa importante na sua vida, Telmah. Eu poderia amá-la como sua verdadeira mãe. Mas você não quis. Paciência! Vamos então brindar à sua vitória e à nossa despedida. A você, Telmah!

Emborcou a taça de uma só vez.

Telmah ia levando a taça automaticamente aos lábios, quando seu braço parou a meio caminho com o grito do pai:

– Telmah! Não beba!

Alice gargalhou:

– Ora, Cláudio! Que é isso? Está suspeitando de quê? Pensa que o vinho está envenenado?

– Alice, eu juro que vou...

– Que bobagem, Cláudio! Eu nunca envenenei ninguém!

– Como é que você ainda tem a coragem de...

Alice mantinha uma estranha calma. Falava com uma segurança cínica que nunca alguém tinha visto nela.

– É verdade! Ninguém acredita? Eu bem sei, doutor Poloni, que não será difícil conseguir uma ordem judicial para exumar o cadáver da minha amiga para fazer uma autópsia. Mas eu gosto tanto de todos vocês que não quero deixá-los em suspense. Se a autópsia for feita, vai ser fácil encontrar traços de um ótimo remedinho para ratos...

Telmah avançou, enfurecida, mas foi segura por Cláudio.

– Maldita!

– Ah, Telmah, Telmah! Você não está entendendo nada. Não fui eu quem deu o remedinho de rato para a sua mãe. Foi *você* quem deu!

Cláudio largou a filha num repente e voltou-se para Alice. Sua expressão era tal que parecia que um novo assassinato estava para acontecer.

Alice cambaleou para trás, levando a mão ao estômago.

– Lembra-se, Telmah? Era você a encarregada de levar o remédio para a sua mãe todas as noites, não é? Mas, na última noite, você levou alguma coisa a mais para ela. Levou o *meu* remedinho!

– Alice! Como você pôde...

A taça caiu das mãos de Alice e espatifou-se no tapete.

– Ah, Telmah, você nunca poderia desconfiar! Mas foi a sua mão que eu usei...

Cláudio sentia-se revoltado com a própria cegueira, que o impedira de perceber toda a tragédia que atingira sua casa.

– Loucura...

– Ah, o remedinho age rápido. Rápido demais... Você tinha razão em pensar que o vinho estava envenenado, Cláudio. Ele estava sim. Mas não a taça que dei para Telmah. Eu não disse que aquele era o brinde da despedida? Era a *minha* taça que estava envenenada!

Repentinamente, caiu para a frente, nos braços de Cláudio.

– Cláudio, meu querido, lembre-se de que o que eu fiz foi por amor... por você, Cláudio...

Sua cabeça tombou para o lado, como se adormecesse.

✚ ✚ ✚

Cláudio deixou que o corpo baixasse suavemente, estendendo-o no sofá.

Telmah estava estranhamente calma.

– Pai, agora é preciso não lembrar mais de tudo que aconteceu nesta casa. Sei que é impossível esquecer, mas é possível não lembrar.

Tiago estava a seu lado, como sempre estivera, mesmo quando ela chegara a não confiar nele. Telmah estendeu-lhe a mão. O rapaz aceitou-a.

– Tiago...

– Telmah – começou Cláudio. – A morte da sua mãe...

– Shhh... Silêncio, papai. A morte é silêncio...

Esquecidos de Poloni e do investigador, os três abraçaram-se. Pela primeira vez nos últimos meses, Telmah sorria:

– Agora, vamos viver...

O AUTOR E SUA OBRA

© Will Sandrini

Meu nome é Pedro Bandeira. Nasci em Santos em 1942 e mudei-me para São Paulo em 1961. Cursei Ciências Sociais e desenvolvi diversas atividades, do teatro à publicidade e ao jornalismo. A partir de 1972 comecei a publicar pequenas histórias para crianças em publicações de banca até, desde 1983, dedicar-me totalmente à literatura para crianças e adolescentes. Sou casado, tenho três filhos e uma porção de netinhos.

Agora estou sozinha é a recriação livre da mais famosa peça de teatro de todos os tempos: *Hamlet*, que o genial inglês William Shakespeare escreveu no primeiro ano do século XVII. Sempre gostei demais dessa peça e estava decidido a fazer uma versão dela em forma de novela para o meu querido público juvenil. A tarefa não era fácil, e eu vivia com a peça para baixo e para cima, relendo-a, pensando, pensando, até que, certo dia, um dos meus filhos, casualmente, pondo os olhos na capa do livro, comentou: "Olha que gozado, pai. Hamlet é Telmah ao contrário!". Pronto. Era desse empurrãozinho que eu precisava. E aqui está a recriação do fantástico trabalho de Shakespeare, com o príncipe dinamarquês Hamlet transformado na adolescente brasileira Telmah, e com várias outras personagens da peça também transformadas de mulheres em homens, de homens em mulheres ou de assassinos em vítimas. Procurei permanecer o mais fiel que pude aos famosos solilóquios do autor inglês, apenas atualizando a linguagem para os dias de hoje. Para os *seus* dias, pois, quando uma peça literária é boa, aquilo que valia para alguém há quatrocentos anos continua valendo até hoje: o progresso pode mudar muita coisa, mas os sentimentos humanos sempre serão os mesmos.

Para conhecer melhor o Pedro Bandeira, acesse o site:
www.bibliotecapedrobandeira.com.br